詩の森文庫

女性詩史再考

「女性詩」から「女性性の詩」へ

新井豊美
Arai Toyomi

E11

思潮社

女性詩史再考

目次

I

II

III

I

出発——与謝野晶子

堺の生家にいて、家業の和菓子屋の帳場に座っていた娘時代の与謝野晶子（鳳晶《ほうしょう》）が、店の仕事のあいまに和歌や文学青年たちの間に話題の新体詩というものを書いては投稿し、やがてそれらが堺や大阪の文芸雑誌の一隅に掲載されはじめた十九世紀末、明治三十年頃には、文学をこころざす若い人々の前に、欧米の詩の影響を受けた新しい詩の波が打ち寄せていた。

明治十五年（一八八二年）、外山正一、矢田部良吉、井上哲次郎らによる『新体詩抄』の出版に始まったこの新体詩への関心は、「草間をくぐりて流るる水の如く、何時の間にか山村の校舎にまで普及し」（『抒情詩』序文）と国木田独歩が述べているように、伝統派からのはげしい批判にもかかわらず、文明開化の時流に乗って、当時としては驚異的な早さで広まっていったと言われている。

またこの頃から翻訳書の出版数が徐々に増えてゆき、明治二十二年にはドイツ留学から帰国して間もない森鷗外が、西欧の詩を紹介するために集めた翻訳者たちの「新声社」（S.

S. S.）によってわが国最初の翻訳詩集『於母影』がまとめられる。この訳詩集は「国民之友」八月号の付録として編まれた小詩集だが、鷗外とその妹小金井喜美子、落合直文、井上通泰、市村讃次郎ら同人五人による共訳とされ、鷗外を中心に同人たちがそれぞれに意見を出しあい、原詩の意義、句、音韻を尊重したきわめて意欲的な試みであった。

其一

レモンの木は花さきくらき林の中に
こがね色したる柑子は枝もたわゝにみのり
青く晴れし空よりしづやかに風吹き
ミルテの木はしづかにラウレルの木は高く
くもにそびえて立てる国をしるやかなたへ
君と共にゆかまし

名訳として知られるゲーテ「ミニヨンの歌」は喜美子訳とも鷗外訳とも言われるが、導入部の「**Kennst du das Land, wo die Zitronen blühn, /Im dunkeln Laub die Goldorangen glühn,**」

を、「レモンの木は花さきくらき林の中に／こがね色したる柑子は枝もたわゝにみのり」という二行に大胆に置き換えたところからして、すでに七音、五音の流れに収まる伝統の音数律から脱し、自由で新しい韻律の可能性を示している。この詩が翻訳詩として現在も鑑賞に耐える理由は、まさにこの美しい自由律の調べにあるだろう。さらに「レモン」「ミルテ」「ラウレル」など固有名詞をカタカナで表記したことも当時の読者に新鮮な印象を与えたにちがいない。当時喜美子は女学校を卒業したばかりの若さだったが、その後ドーデー「星」、アンデルセン「王宮」、レールモントフ「浴泉記」などを次々に翻訳し、詩的な香気を持つ洗練されたその文体によって翻訳家としての声価を高めていった。

こうして明治三十年前後には「新体詩」の詩集と欧米詩の翻訳詩集、さらにそれらに関係した書物の出版が競いあうように増えてゆく。それは伝統詩の定型を食い破って生まれた新体詩と、輸入された外国の詩が、車の両輪のように疾走しながら新しい詩歌の世界を拓いていった時代の姿を語らずして語っているようだ。

堺の商家の娘、鳳晶が詩歌の筆をとりはじめたのはこのような変動の時期であった。晶子自身が語るところによれば、その頃の彼女は和歌や漢文を学び平安女流文学の世界に心酔する一方で、北村透谷、島崎藤村らの「文學界」や、森鷗外の「しがらみ草紙」なども読んでいたということである。十五、六の堺の町娘が東京の新傾向の詩や評論にまで関心を持ったことには驚かされるが、彼女の敏感な感受性はそれらの中に新しい時代の到来を直感していたのだろう。

新体詩と『みだれ髪』

『みだれ髪』の一巻が、和歌の世界のみならず明治という時代にもたらした衝撃の大きさは周知のことでもあり、いまことさら言うこともないかも知れないが、その新しさとはどんな性質のもので、何を意味していたのかという問いは、現在においてなお問い直してみる価値がある。

明治初期の女流の和歌と言えば、たとえば樋口一葉や田辺花圃らを出した歌塾「萩の舎」の主宰者中島歌子や、女官を勤めあげたのち教育家として昭和初期の女子教育界に君臨した桂園派の下田歌子の和歌のように、伝統的な詠法の規範にのっとり、その枠の中で工芸的な工夫をこらしたものが主流であった。一葉が中島歌子の指導のもとに三度の改作を重ね、歌塾の賞を受けたという題詠「山のはの梢あかるく成りにけり今か出らむ秋のよの月」の成立の過程に見られるように、その関心の在り方は王朝的な美意識の規範の中で古雅の世界をいかに美しく歌うかの一点に向けられている。言うまでもなくそれは和歌の世界が主体の表現という近代的な表現のカテゴリーに到達する以前の、言語によって練り上げられた様式美の世界であり、言葉の習練にはなっても一葉のような本質的な表現者が満足できる世界ではなかっただろう。

とは言え明治二十年代には、さすがにこのような旧派の歌ばかりではなく、佐佐木弘綱門下の竹屋雅子「声あげてなくよりもげに悲しきは涙かくして笑ふなりけり」や「冬のこし印しなるらん幼子も今日は火桶のもとをはなれず」のように、肉声の歌が生まれつつあったことは記憶にとどめる必要がある。

晶子にしても例外ではなかった。明治二十九年、一葉の死去の年にようやく歌を詠みはじめた晶子の最初期の作「露しけき葎か宿の琴の音に秋を添へたる鈴虫のこゑ」、あるいは三十年の『堺敷島会歌集』に出した「小倉山ふもとの里はもみぢ葉の唐紅のしぐれふるなり」にしても、いかにもステレオタイプで、後の晶子の歌風を想わせるものではない。伝統的美意識の規制力がどれほどつよく、どのように若い彼女たちの表現を閉ざしていたか、そこには現代詩という自由の不安にさらされつづけるわたしたちの想像を超えるものがある。だがそれからわずか三年後の鉄幹との出会いを契機に、晶子の歌は革命的な変貌をとげることになる。花開くための準備は彼女自身も気づかなかった意識の水面下で、着々とおこなわれつつあったのである。明治三十三年、新詩社の拡大運動をかねて関西を訪れた鉄幹との出会いこそ、晶子にとって自分自身の「歌」との出会いとなるのである。

明治三十年代の浪漫主義文学は鉄幹、晶子の「明星」によって花開いた。「それは猛烈な速度で進む時代を一身に感じつつ、自我の形成と究明にいそぐ青年達の感情と思想の生々しく、又痛切な表現であった。勃興期のロマンチックな精神はかくて時代を覆った。散文すらが詩的であった。紅葉、露伴、一葉、鏡花、さては鷗外の諸作は文に節奏あり想に詩趣がにじんで、達意の文というよりは美の発揮を旨としたのである。このような時代の精神を最も鋭く感得し、最も切実に身に体し、最も露骨に実行した才能が与謝野鉄幹であった。彼は短歌の畠に生い立ち、西欧文芸に素養浅い身ながら、自分の作品をみて「自我の詩」と称し、「短形なる新体詩　即ち短歌」を標榜した。彼が主宰した結社は「新詩社」であった。一時短歌の名を廃して短詩と称したこともあった。彼がかような立場に立って先ず実行したのは短歌の革命であった。伝統的な和歌の形式が約束する和歌的なもの、そこにやどる制禁の詞とか、修辞上の束縛とかいうもの、それを勇敢にけとばし、無拘束な詩的感動をかりに三十一音に盛ろうというのが彼の行き方であった」。

長い引用になったが、昭和二十五年の「冬柏」二十一号で吉田精一は、与謝野鉄幹の「明星」がめざした詩歌の革命の意味をこのように要約している。出会いの頃、晶子に「ほんとうに思ったとおりに書いてもよいのですか」と問われて、鉄幹は「そうです」と明快に答えたと言われるが、そんな二人の現実の恋愛の中から生まれた『みだれ髪』は、躍動する若々しい生命とエロスの歌声に満ち、ひとりの若い女性の臆するところのない自我の声が人々を圧倒したのである。

先ず、ここで『みだれ髪』の新しさについて考えてみよう。言うまでもなくそれはこの歌集をいやがうえにも有名にした「やは肌のあつき血潮にふれも見でさびしからずや道を説く君」のように、生命力あふれる表現の大胆な直接性があげられる。「乱倫の言を吐きて淫を勧めんとするもの」と誇られながら、晶子の歌は、その華麗奔放なエロスの表現によって詩歌の世界の外にまで広く知られることとなる。しかしその歌の魅力、新しさの秘密はそのことだけにあるのではない。いまその歌を読んであらためて感じるのは、内容よりも語彙とイメージの新しさ珍しさなのである。たとえば「夜の帳にささめき尽きし星の今を下界の人の鬢のほつれよ」の、一首の上下を二分するイメージの飛躍。巻頭に置かれたこの歌は難解と言うのが定説のようだが、一行の詩として読めばすこしも難解ではない。天上と地上を「恋」の情熱でひとつに結ぶ超現実的な飛躍、それはいかにも詩的な飛躍なのである。さらに頻出する「神」「罪」「羊」など聖書的な語彙やラファエル前派の絵画を彷彿とさせるイメージの氾濫は、恋愛から日本的な因習にまつわる湿度をぬぐい去り、ある意味で近代的な立体感と奥行きを与えている。

と言っても晶子にとってそれらの語彙が深い意味を持っているわけではなかった。ここで「神」とは方便であり「罪」とは恋愛である。「瘦せにたれかひなもる血ぞ猶わかき罪を泣く子と神よ見ますな」、ままならない恋の悩み、しかし彼女にとって恋が倫理的な意味での罪であるとは少しも思われていないのである。「いづこまで君は帰るとゆふべ野にわが袖ひきぬ翅ある童」、「翅ある童」とは言うまでもなくキューピッドだろう。「そのわかき羊は誰に似たるぞの瞳の御色野は夕なりし」、「わかき羊」は聖書や賛美歌の世界から引用されたイメージだろう。イメージの借用だけでなく「聖書」あるいは「十字架」という言葉そのものも使われている。また同じキューピッドでも「金色の翅あるわらは躑躅くはへ小舟こぎくるうつくしき川」などはいかにもラファエル前派風である。

そこには西洋的なイメージばかりではなく、王朝風のイメージ、さらには仏教的なイメージをちりばめた歌も多い。だが次の歌などどう受け止めればよいのだろうか。「聖書だく子人の御親の墓に伏して弥勒の名をば夕に喚びぬ」、「聖書だく子」とはキリスト教に関心を持っている晶子自身だろうか。そんな自分が夕方には「人の御親の墓」に手を合わせて「弥勒の名」を喚んだと言う。その行為の奇妙さを晶子自身も面白く感じているのかも知れない。ともあれこの一巻の大きな魅力をかたちづくるものは、このような東西の異質な美学の楽しいコラージュ、不思議なキメラ的混交の美学そのものなのだ。そして、それこそ過渡期としての明治、そのものでもあった。

『みだれ髪』の美学

明治三十四年八月の『みだれ髪』出版から五か月たった三十五年一月、与謝野鉄幹は次のように書いた。

「昨年の韻文界は一躍格外の進歩を為せり。中に短歌は全く旧思想、旧修辞を分離して、明らかに短形の一新体詩と成れり。『みだれ髪』の一冊之を代表して余りあり。従来の和歌に目なれたる者の之を目して晦渋《ママ》なりとの表現盛なりと雖も、進歩したる読詩眼ある識者は、能く新思想、新語脈、新趣味を其間に認めて、短歌の革新此に成れるに近しとせり」(「昨年の文壇」)。

まず鉄幹の言う「新体詩」としての『みだれ髪』を、「明星」が主張する「自我独創」の詩の創造という観点から考えてみよう。たとえば日夏耿之介は『みだれ髪』論(「『みだれ髪』の浪漫的感覚」)の中でその新しさを二つあげている。一はその本質が決して奇を衒ったものではなく、作者の「尋常な」感覚に基づくものであることを指摘していることである。これは修辞やイメージのきらびやかな飛躍や華麗さのうちに隠された晶子の詩歌の本質を鋭く指摘した言葉である。

晶子の詩はその大いなる実感から発しており、それは眼で見、手に抱く直接体験から得られるものだった。彼女には体験の直接性こそが「真実」であるという信念があった。詩は真実をうたうものでなければならない。この信念が詩という自由な形式を求めるとき、天才歌人はその歌の流麗さからは想像もつかない無骨な詩を多く産出することになる。後の大正から昭和にかけての女性の詩人たち、高群逸枝や深尾須磨子が、「真実」か「形式」かという不毛な論議を掲げ、真実を語るためとしてアマチュアリズムを詩の本道であるかのようにことさら強調しているのも、その根本は形式の自由に対する晶子の迷いに通じていると言えるだろう。ともあれ『みだれ髪』にはまだこのような不毛な分裂は現れていない。ここにあるのは真実と形式の高揚した幸福な一体感のみである。

恋がうたわれない時代はないが、万葉以後この明治浪漫主義の時代ほど恋愛が熱く積極的に歌われ、また論じられた時代はない。プロテスタントの教育家で「女学雑誌」の編集人である巖本善治は、キリスト教の教会に男女が同席することを不節操として非難する旧道徳派に対して、恋愛を神聖なものとしながら大いに男女の交際を勧めた。また「女学雑誌」の寄稿者で「文學界」の中心的存在であった北村透谷は、「恋愛は人世《ママ》の秘鑰なり、恋愛ありて後人世《ママ》あり、恋愛を抽き去りたらむには人生《ママ》何の色味かあらむ」と人生における恋愛の意義を述べ、「思想と恋愛とは仇讐なるか、安んぞ知らむ恋愛は思想を高潔ならしむる嬭母なるを。」(「厭世詩家と女性」)として、恋愛による人間性の解放とその思想的意義を熱く論じた。これらの論を読むと、明治の若い男性たちの意識が、旧い女性観になおとらわれながら、一方で平等な人間としての新しい女性像を求めて揺れ動いているのを感じさせられる。

このような潮流の中で、島崎藤村は明治三十年、青春の感情をみずみずしく清新な感覚でうたいあげた詩集『若菜集』を出版した。

まだあげ初めし前髪の
林檎のもとに見えしとき
前にさしたる花櫛の
花ある君と思ひけり

やさしく白き手をのべて
林檎をわれにあたへしは
薄紅の秋の実に
人こひ初めしはじめなり

（「初恋」部分）

この清新な青春の抒情が低迷する新体詩に新しい息吹をもたらし、明治浪漫主義の時代の到来として詩界に大きな影響を与えたことは述べるまでもないだろう。伊藤整は次のように書く。「「しりたまはずやわがこひは／雄々しき君の手に触れて／嗚呼口紅をその口に／君にうつさでやむべきや」という詩句を書くとき、そのイメージは劇的であり、浄瑠璃のある部分のような激しさを見せる。しかも女の積極性を見せている点では古い万葉の女性にもつながる。しかし、万葉以後、彼の前にこのような男女の感情の激発を詩歌に歌った人がなく、その分野においては先駆者の仕事であった。このような表現が与謝野晶子に影響を及ぼすと、「やは肌のあつき血潮にふれも見でさびしからずや道を説く君」のような歌が生れたのである。影響は一部の人々が説くように言葉の端々、表現の近似ということのみにあるのではない。むしろ人生に対する態度、心懐を吐露する大胆さ、全体としての詩人の生きる方向においての決定的な暗示があるとき、真の意味の影響が生まれる。」(「島崎藤村・人と作品」)

伊藤整が指摘するように、また晶子自身も自ら認めているように、『みだれ髪』は『若菜集』の「決定的な暗示」のもとに書かれた。このことは否定できない。しかし晶子の表現にはそれに加えるものがあった。たとえば先にあげた『みだれ髪』論の中で日夏耿之介は、晶子の本質である「尋常な感覚主義」を指摘するとともに、修辞や様式面からさらに踏み込んで論じているのだが、そこで歌壇の批判の対象となった「誇張」や「朦朧」や「晦渋」は「晶子の浪曼者としての態度が制作の実相をいかに決定したかという微妙な巧芸のクリティカルな局所の出来不出来の上に繫がって」いるのであって、それらは「近代象徴詩法精神に期せずして合致する場合もあった」とし、奇想奇調と言われ読者を驚かした晶子の新しさをフランス近代詩との比較において証明しようとする。さらに集中に多出する「罪」という語彙をフランス象徴派に引き寄せ、ボードレール『悪の華』の含蓄ある悪につながるものとし、一方「神」という語も一見バイブルから出現したかに見えるが、本質はもっと原初的な意味での汎神論的な神であるとする。ボードレールの「悪」との比較はともかくとしても、それらの指摘は妥当なものと言えるだろう。

先にも述べたように、『みだれ髪』の美学は混交の美学である。恋に悩む女のあのみだれ髪のイメージには、おそらく藤島武二によって輸入された当時のヨーロッパ絵画からの影響があるだろう。「明星」の浪漫的な唯美主義が、西欧近代の唯美主義運動、とくにイギリスにおけるラファエル前派の運動とその発生の動機において一脈通ずるところがあることはすでに指摘されているが、当時の洋画界のこのような新傾向をジャーナリスティックな眼を持つ与謝野鉄幹が見逃すはずはない。もともと彼は詩界の旧体質を変革し、閉ざされた詩歌の世界を広く一般人のために開くことを目標として活動してきた人である。「明星」の表紙に「画入月刊文学美術雑誌」とうたっているように、文学と美術の結合がそもそもこの雑誌の目的であった。

匠英夫は「明星」と美術界の密接なかかわりを次のように述べている。

「文学と美術の交流をはかる傾向は「明星」の中期（三十六～三十九年）にいっそう強められたが、当時白馬会の色彩感覚を重んじた浪漫的な作風が流行しており、こうした洋画家の作品をふんだんに口絵や挿入図版を使って、浪漫的詩歌に呼応したのである。三十四年十一月には、初号以来掲載した藤島、ジョルジョーネ、ファン・デイク、レンブラント、ティツィアーノ等四十余点の挿絵を「特別光沢洋紙」に数回の彩色刷を施こし、「明星画布」として発売している。」（『日本の近代美術と文学』）

「やれ壁にチチアンが名はつらかりき湧く酒がめを夕に秘めな」古い日本家屋の破れ壁に貼られた一枚のティツィアーノの絵。貧しい中にも、芸術性豊かな若き日の鉄幹と晶子の暮らしぶりを想像させられる。このように明治の文学界と洋画界のかかわりはきわめて緊密であったが、とくに上田敏によるラファエル前派の紹介が明治三十年代の詩人たちに与えた影響は大きかった。初期の蒲原有明が、ダンテ・ゲイブリエル・ロセッティの詩を知り、その華麗なソネットに魅了されて、その影響のもとに『独絃哀歌』の詩篇を書いたように、そしてそこから新しい近代ヨーロッパ詩の世界、とくに象徴主義の詩に深く入っていったように、ラファエル前派の画家たちが描く気品ある女性像は晶子をも魅了したであろう。ことにアール・ヌーヴォーの画家、アルフォンス・ミュシャの女性像はその心をとらえた。「くろ髪の千すじの髪のみだれ髪かつおもひみだれおもひみだるる」この豊饒な恋の美学は単一の形式、単一の美意識に閉ざされた感性からは生まれるべくもないものであろう。日本と西洋の間のさまざまな様式上の違和を恋愛の美学というさらに大きな次元に解き放ち、新時代にふさわしいイメージの近代を創造したところに、わたしたちは『みだれ髪』のスケールの大きさと、明治という時代の積極的な進取の気風をあらためて知らされる。

祝祭と日常の裂け目

恋愛の渦中にあった初期の晶子がその感情の祝祭を歌おうとするとき、まずそれにふさわしい形式の選択が必要だったはずである。

しら玉の清らに透る
うるはしきすがたを見れば、
せきあへず涙わしりぬ、
しら玉は常ににほひて
ほこりかに世にもあるかな。

人のなかなるしら玉の
をとめ心は、わりなくも、

ひとりの君に染みてより、
命みじかき、いともろき
よろこびにしもまかせはてぬる。
（「しら玉の」）

この詩をさして佐藤春夫はのちに「失われた処女性を愛惜して嘆く女性の、清純にして高雅な詩」（『晶子曼陀羅』）と賞賛したが、恋をうたうために彼女が選びとった形式は詩ではなく短歌であった。したがって藤村詩の影響の読み取れるこのような抒情詩の美の世界が短歌の中に吸収されていったとき、彼女の前に詩の領域として残されたものは、日常を生きる生身の現実である。

平調の琴柱のくばり
月うすき今宵の春の
おもひにあはず歌のりかぬる
神こよひ人恋ひそめし

子の指にふれて立つ音と
ゐみかたぶけて聴きますらむか

手はすがかき琴よ忘るな
海棠の紅をしぼりて
のらぬこの歌絹に染めおかむ

（「きのふ」）

明治三十四年一月「明星」に掲載されたこの詩は、熱に浮かされるように歌を生み、感情のリズムに身を任せた『みだれ髪』の高揚した歌群の奔流が、「おもひにあは」ぬ音色にさえぎられ途絶えたおりの心模様であろう。あれほど盛んにほとばしり出ていた歌の流れが「平調の琴柱のくばり」に止められ、「すががき」の琴の音のみが空しく響く。

感動の形をより美しくはなやかに整えて高らかにうたうための定型と、理性の声をうつす詩。晶子における歌と詩の位置は初期の頃からすでにこのようにハレとケ、祝祭と日常の相剋にあった。そして彼女はその二つのジャンルをやがて使い分けるようになってゆくのだが、そのとき詩はごく自然に文語を捨て、わかりやすい口語自由詩の詩形を取り入れていったと思われる。

ここで明治三、四十年代に書かれた晶子の詩以外の女性の詩をあげておきたい。この時期の記憶に残る詩作品としては、四十年の「明星」に発表された石上露子「小板橋」がある。

ゆきずりのわが小板橋
しらしらとひと枝のうばら
いづこより流れか寄りし。
君まつと踏みし夕に
いひしらず沁みて匂ひき。

今はとて思ひ痛みて
君が名も夢も捨てむと
なげきつつ夕わたれば
あゝうばら、あともとどめず、

小板橋ひとりゆらめく。

石上露子は明治十五年に大阪南河内の富田林に、大地主の旧家の跡継ぎ娘として生まれた。大阪のキリスト教系の女学校を出て、十九歳の頃から「婦女新聞」や浪速婦人会の「婦人世界」に、「ゆふちどり」の名で投稿を始める。さらに「明星」にも投稿を始め、明治三十六年秋以後はほとんど毎号作品を発表した。「小板橋」は明治四十年十二月号の「明星」に掲載されたが、悲恋をうたったこの一篇は愛唱にふさわしいひそやかなリズムを持ち、この詩によってわが国近代の女性詩の中に石上露子の名をとどめた秀作である。露子については長谷川時雨『明治美人伝』によって世捨て人のような薄幸の美女のイメージがつくられ、それが一般に流布したと言われるが、大谷渡『石上露子全集』によれば現実の露子は「平民新聞」を購読し、浪速婦人会の幹事として活発に活動するなど、社会制度の矛盾に自覚的であろうと努力した聡明な女性であったらしい。明治三十七年の日露戦争に際しては反戦の心を歌や文章に残している。「みいくさにこよひ誰が死ぬさびしみと髪ふく風の行方見まもる」、この歌は三十七年七月号の「明星」に発表されたが、大谷によると、兵士の死を予感するこの凄絶な歌を読んだ「新詩社」の平出修は、「戦争を謡うて、斯の如く悽愴なるもの、他に其比を見ざる処、我はほこりかに世に示して文学の本旨なるものを説明してみたい」と絶賛したという。ちなみに与謝野晶子「君死にたまふことなかれ」が「明星」に発表されたのはその年の九月号であり、大塚楠緒子「お百度詣」が「太陽」に発表されたのは翌年の五月であった。

とはいえ石上露子の作品は全体には古風で、線が細い。山川登美子や、同じ「小板橋」の一首がある茅野雅子の繊細さにもそれは言えることで、比較してみれば、なるほど晶子という人は圧倒的な才能に加えて自らを押し出すエネルギーを持っていた、とあらためて思わせられるのである。

晶子の底力は詩歌の世界だけのものではなかった。実生活においては与謝野家の生活を支え、十一人の子を育てあげた。周知のように意気消沈した夫鉄幹の再起をはかり、自分の手でパリ留学にも送り出している。三十代以後は評論家としての仕事が増えてゆくが、平塚らいてうとの間で交わされた「母性保護論争」では、生活者として自らの力で家庭を築き上げてきた実生活上の自信のもとに、経済的自立を基本に置いた女性の自立をつよく主張した。またその独創的な家族論「家庭についての反省」では、家族の在り方を家父長的家族と一夫一婦主義家族に分け、男女の相愛共同の家庭を主張するなど、未来を先取りするすぐれた視点が示されている。このように現実への幅広く積極的な関心と果敢な行動力、臆するところなく述べられるその論理の大胆な先見性には、驚嘆せずにはいられない。

だがこのような彼女のすぐれた現実感覚は、その詩作の上に亀裂をもたらすやっかいなものでもあった。彼女の詩歌の世界が一行の美の様式的洗練を究めてゆく短歌と、あれもこれもの日常性への八方破れの愛をうたう詩とに裂けるとき、詩人の内部には収拾のつかない二重性が深く抱え込まれていったはずである。昭和十三年に書かれた『自選歌集』の「あとがき」を読むと、このような内なる二重性の中で言葉の「嘘」に悩み、「真実」を追い求めた詩人の苦しみが伝わってくる。すでにこの頃「晶子は『みだれ髪』だけだ」と冷たく言い放ったのは芥川龍之介だけではなかった。『みだれ髪』を高く評価した日夏耿之介でさえ、その論の最後を「晶子女士は天才のなしくずしで終った惜しむべき天従の逸才の一人であった」と結び、晩年の『白桜集』などに見られる秀作を評価しようとしなかった。それは晶子に苦しみをもたらすものであっただろう。

口語詩の時代へ——米澤順子

明治四十四年（一九一一年）、平塚らいてう（平塚明子）を中心に女性による文芸誌「青鞜」が創刊された。わが国女性解放運動の出発点としてあげられるこの雑誌が、「はじめに言葉を」と主張するかのように、「女流文学者、将来女流文学者たらんとする者および文学愛好の女子」のためにとその創刊の規約に唱えているのは興味深い。

「青鞜」を始めるについては、当時河井酔茗による投稿雑誌「女子文壇」が、女性の投稿家たちを全国から集めて活況にあることを知った生田長江からの熱心な勧めがあったと言われるが、らいてうの創刊の辞「元始女性は太陽であった」や、創刊号にと依頼を受けたときには乗り気に見えなかったと言われる与謝野晶子の詩「そぞろごと」（のちに「山の動く日」と改題）が、ともに女性の自立と覚醒をつよくうながすものであったことは、女性解放に寄せる彼女たちの熱意のつよさを証明するものであろう。

山の動く日きたる、
かく云へど、ひとこれを信ぜじ。
山はしばらく眠りしのみ、
その昔、彼等みな火に燃えて動きしを。
されど、そは信ぜずともよし、
人よ、ああ、唯だこれを信ぜよ、
すべて眠りし女、
今ぞ目覚めて動くなる。

「山の動く日」は雄渾な語調と明快な比喩で、晶子詩の代表作として知られるすぐれた作品だが、その詩想が『みだれ髪』の浪漫調とは異質なものであることはいうまでもない。たびたび述べるように晶子の詩にはこれがあの浪漫歌人の作かと驚かされるものが少なくないのである。

明治四十年代に入って島村抱月を理論的支柱とする「早稲田文学」を中心に、言文一致運動が積極的に推し進められてゆく。島村は「言文一致を耳で聴いても野卑であるとか、威厳がないとかいふ非難のおこらぬやうにならば、ここで初めて言文一致は日本の詩の中に安全に入り得るのではあるまいか」と述べて、詩の口語的表現に積極的な関心を示しているが、四十年にはその期待に応えるように、川路柳紅「塵溜」が「詩人」に発表された。この詩は、わが国口語自由詩の最初期を代表する記念碑的な作品として知られるが、詩の基本が律格にあると考えられていた時代に、それを否定して自由なスタイルで詩をつくることは、わたしたちが想像する以上に困難なことであったようである。

一方、小説界では三十九年に島崎藤村『破戒』が、四十年には田山花袋『蒲団』が出版され、すでに自然主義の時代が訪れていた。

こうして川路柳紅の口語自由詩「塵溜」を皮切りに、文語定型詩から口語自由詩への流れは一気に加速してゆく。四十二年（一九〇九年）北原白秋『邪宗門』、四十四年（一九一一年）『思ひ出』、大正三年（一九一四年）高村光太郎『道程』、四年（一九一五年）山村暮鳥『聖三稜玻璃』、六年（一九一七年）萩原朔太郎『月に吠える』など、この時期は近代詩史上にその名を残す名詩集が次々に世に送り出されていった。さらに詩論では後に小林秀雄や中原中也に影響を与えたアーサー・シモンズ『表象派の文学運動』が大正二年（一九一三年）に岩野泡鳴によって翻訳出版されるなど、フランス象徴派の影響による詩の理論化、高度化が進み、新体詩の時代は急速に過去のものとなってゆく。

女性にとっても、堅苦しい文語詩から口語詩へのこのような変化は、ある意味では歓迎すべき変化であっただろう。本来女性の詩は晶子の「君死にたまふことなかれ」や、それ以前の彼女の詩に見られるように、文語定型詩であっても口語に近い語り口を持っている。歴史的伝統的に漢詩の教養を積み、漢文的な表現を磨いてきた男性と違って、平安女流文学以来のひらがな表記に馴れてきた女性にとっては、口語的表記はごく自然なものとして受け止められたはずである。

こうした状況の中で、大正八年(一九一九年)には女性詩人によるわが国最初の詩集としての米澤順子『聖水盤』が自家版で出版された。

肉桂の一葉一葉に、
忍びつつ、ゆめみつつ、
けむり色せし黄昏の歩み寄るとき、
疲れたる月蝕色の月は、はや落ちかかり、

夢は、うす紫の玻璃戸を越えて、
ほの暗き聖水盤のかたかげに、
しろじろと身を潜む。

よろこびはしろがね色、
わびしさは枸櫞の匂をして、
ほの暗き聖水盤の聖水を、
かすかにも揺りつつうながす——

或る女、
幻の如くよそほはざる右手を伸べて、
小さき黒耀石の盃を挙ぐれば、
音もなし……

憂愁は陰影ある瞼の色

はぢらひは蒼き夜霧の匂をして、
ほの暗き聖水盤のかたかげゆ、
ひそやかに波うちつつ、
つつましく時《ママ》めく胸をめぐる――

（「潜める夢」部分）

感覚によってのみとらえられる世界を暗示的に表現するこの詩は、上田敏訳『海潮音』に見るボードレールやローデンバッハの黄昏の詩、あるいは有明詩や白秋詩からの影響をうかがわせるものがあるが、それらはよく咀嚼され、自身の感性の言葉に移し変えられていて作者のすぐれた才能を感じさせる。時代の気品が洗練された感性によってよく表現されたこの詩集は、女性による象徴詩の初期の作品として記憶されるべきものと言えるだろう。このような傾向の作品は、女性の詩人にはまだごく少ないが、のちに、草野心平によってみとめられ、「歴程」同人となった馬淵美意子の作品もその方法意識の高さにおいて、近代詩の水準を超えるものとなっている。

大正期——高群逸枝と深尾須磨子

明治の詩から大正の詩への変化。言葉への意識という観点からそれを読むとき、そこにはどのような違い、あるいは差異が現れてくるだろうか。

『討議近代詩史』の中で、大岡信は、北原白秋における『邪宗門』から『思ひ出』への変化を次のようにとらえている。

「大正時代の詩の言葉が、それまで詩を書くときに、意識的あるいは無意識的に、ギュッと、「いまから詩を書きますよ」というふうな、そういう言葉で書かれていたものが、フッと呪縛が解けて自然に流れるようになった、そういう時代を早い時期に予告したような気がするので、その点で『思ひ出』という詩集はいろいろおもしろい問題をもっているという気がするんです」。

ここで語られているのは、明治四十二年に発表された『邪宗門』から、時代が大正に移る直前の四十四年に発表された『思ひ出』への変化である。

「われは思ふ、末世の邪宗、切支丹でうすの魔法。／黒船の加比丹を、紅毛の不可思議国を、」とうたい出される「邪宗門秘曲」のどこか前近代的な大きな身振りに比べて、「思ひ出は首すぢの赤い螢の／午後のおぼつかない觸覺のやうに、／ふうわりと青みを帯びた／光るとも見えぬ光？」とやわらかに語られる「思ひ出」は、口語の声の自然さにおいて現在の詩に近いものを感じさせる。この自然さを大岡は「大正時代の新風」ととらえ、詩史上で評価が集中しがちな前者よりも後者に内在する「問題」の豊かさを「おもしろい」と語っているのだが、ここで指摘された「おもしろい問題」は、女性の詩にとっても興味深い内容を含んでいる。

『邪宗門』で白秋が捨てきれなかった新体詩の語調、漢詩につながるその男性的な語法の呪縛から一歩抜け出した『思ひ出』が、自然に口語の柔軟な口調を持ったように、マニッシュな漢文脈からの解放が詩語の近代性を加速させたとすれば、白秋詩が本質的に持っている口語脈の「女性性」……、かつて菅谷規矩雄が『近代詩十章』で指摘したように、白秋における自我の軽さややわらかさという「美質」を「女性性」とかりに呼ぶとすれば……、口語の和文脈に内在する女性的な柔軟さこそ、詩語に近代化をもたらしたひとつの要因と考えることができるのではないだろうか。

そう考えてみるとたしかに『思ひ出』の言葉の感覚は女性詩に平行移動可能なものなので

ある。その痕跡は、たとえば「金の入日に繻子《しゅす》の黒——」とうたわれた白秋詩の一行の遠い反響のような米澤順子の詩行、「小さな／黄金のみみかきに／太陽のひかりを／一杯／／小さな黄金の鈴ら／それを見て／ちろちろと笑ひ合ふ／／小さな／黄金の縫針が／黒びらうどに／かくれたり出たり」（「黄金の唄」部分）などに、かすかではあるが反響しているのが感じられる。

口語自由詩の発展は白秋の『思ひ出』以後、大正に入って高村光太郎『道程』、山村暮鳥『聖三稜玻璃』、萩原朔太郎『月に吠える』、室生犀星『抒情小曲集』と、近代詩の世界に口語的表現による清新な作品群を生み出していった。またその間には『珊瑚集』（永井荷風訳）、タゴール『園丁』（増野三郎訳）、ダンテ『神曲』（上田敏訳）など、海外の詩集や詩論集が翻訳され次々に出版されている。『新体詩抄』からすでに三十年、新しい技法を習得し、外来の思潮をあわただしく吸収して詩の近代化を急いだ詩界に、やつぎばやに実りの時期が訪れているかのようだ。

しかし大正初期の女性詩に眼を転じると、与謝野晶子を除けば詩人の存在は明治期よりかえって影が薄く感じられるのはなぜだろう。米澤順子のほかにも伊藤野枝ら「青鞜」の女性たちによって詩は書かれており、決して詩への関心が薄らいでいるのではない。詩への関心はより広がり、一般化しているにもかかわらずどこかエネルギーに欠けており、むしろ明治の女性たちの方がのびやかに詩を書いていたように思われる。しかも時代はすでに口語自由詩の時代になっており、女性が詩を書くのに表現上の困難はより少ないはずなのに、である。その理由はどこにあるのだろうか。

たとえば大正中期に登場した数少ない女性詩人、高群逸枝、深尾須磨子たちは共通して「玄人詩人」の存在につよい違和感を抱いていた。

高群逸枝の長篇詩「日月の上に」は、生田長江の熱烈な推薦によって大正十年に「新小説」に発表され、九州の片隅の無名の新人だった逸枝を一躍天才詩人として世に知らしめるきっかけをつくった。この詩は彼女の生い立ちから文学的出発までを語るいわば「自伝詩」だが、幼さのある描写の中に強靭な自意識とナルシシズムを感じさせるこの作品が、なぜ生田長江をしてそれほどまでに評価させたのか。

「青鞜」創刊号に発表されたマニフェスト「元始女性は太陽であった」で平塚らいてうは、女性の「天才」を求めて次のように書く。

「私どもは隠されてしまった我が太陽を今や取戻さねばならぬ。／「隠れたる我が太陽を、潜める天才を発現せよ」、こは私どもの内に向っての不断の叫声、押えがたく消しがたき渇望、一切の雑多な部分的本能の統一せられたる最終の全人格的の唯一本能である。」ここでらいてうが言おうとするところは、女性であるために負わされているさまざまな桎梏から女性が自分自身を解放することによって、わが太陽、わが全人格を取り戻すことができる、ということであり、その解放された自由の状態を指して「天才」と述べたのであって、それは全女性の内なる「潜める天才」、自由な自我の状態なのである。青鞜社規約第一条にかかげられた「各自の天賦の特性を発揮せしめ、他日女流の天才を生まんことを目的とす」とは、各自の内に潜む自由な自我の発掘とその解放をめざすことにほかならない。

「青鞜」の創刊にかかわり平塚らいてうを背後から支援していた長江は、高群逸枝のすぐれた直感力と行動力、活発な自己主張、圧倒的なナルシシズム、既成のモラルへの反逆心のはげしさなどに「新しい女」「解放された女」の出現を見、その鮮烈な巫女的エネルギーの沸騰にこれまでの女にない「天才」を見た。この詩篇が発表されたとき、「詩壇人たちの悪評」はかなりのものだったと言うが、逸枝は自分が天才であることを信じて疑わなかった。たしかに大正十四年（一九二五年）の長篇詩集『東京は熱病にかゝつてゐる』で著名人を次々にやりだまにあげ、そのみせかけの装いを容赦なく剝ぎ取ってみせるとき、体制への怒りを爆発させる彼女の言葉はパワーにあふれ、鋭い問題意識と批評性、確信の語調のはげしさは人を圧倒せずにおかないものがある。

美は遠景となり、流れは谷を圧し、鳥はざわめく。
あらゆる氾濫するものは奇しき魔法となり、
ちらつく灯影は殉死の決意を示してゐる。
夜明造巣の鳥はわれとわが声を引き裂き、
それを宿命へのおくりものにしてゐる。

一団の女
われら家族制度の犠牲者。
われらの獄屋の、赤き睡りの、
覚めし匆々、その色は旗となり打ちひるがへるなり。
立て。全日本幾万の公娼よ。

帝都は午睡時。法律事務所の扉の照り日は、
道行く人の三角形の額の、
矢を放つ光の断片と一致してゐる。

雨と降る光をかぶつた真つ暗らな目玉。
その駆除法を追求してゐる役人たち。
おお、治警第十七条。

汽車の汽笛は思想を突き射す。
その底には蟻地獄がうごめいてゐる。
暗い牢屋。青ざめた窓。

下関行の三等列車。午睡時の車輪の轟き。
老鮮人。

窓はぴかぴかする。群衆は各々の目で血眼になつてゐる。
李王家無二の忠臣朴時奎。
彼の愛子は朴尚鎮。独立光復団長。
あはれ愛子は強盗殺人放火の汚名を以て刑場の露と消え、
身は飄転流浪の客となる。
天は虐政の霧にて蔽はれ、血はどぶのなかに塗りこめられてゐる。
汽車は轟き行き、虚偽は太陽のなかで安息してゐる。
午睡時の帝都。

（「午睡時の帝都」（第三節））

このような思想を持つ逸枝が、文壇的権威のヒエラルキーによりかかったいわゆる「玄人詩人」に批判の矢を向けるのは当然であろう。
「いったい技巧というものは稟性からくる爆発進化の状態である。それを科学的に研究したり、研究してえた「作法」というもので按排しようとしたところでなんになろう。そうまでして芸術を作るということは、考えてみればこっけいである。（中略）呪うべき玄人よ。卿が事に従うや努力をもってし、望むや何にあるか。宗教といい、道徳といい、堕落させた張本人は卿ら玄人ではないか。」（同詩集「序文」より）。

詩は「稟性」の「爆発進化」によって生み出されるものであって技巧の産物ではない、と言う彼女のこの主張が正しいとしても、それと技法の問題を対立的にとらえるところではやはり誤っていると言わねばならない。彼女は初心であることとアマチュアであることを混同しており、この論理からゆけばアマチュアであることがよき詩人の条件ということになりかねない。だが言うまでもなく詩の価値は書かれた言葉そのものにあってそれ以外の何ものでもなく、アマチュアのみにそれが可能であると言えるものではないだろう。

詩は言葉で書かれている、そのことへの無関心は高群逸枝だけの問題ではなかった。同じような無関心は、この時期に与謝野晶子のもとから詩的出発をしたもうひとりの女性詩人深尾須磨子にも見られる。

「どんなに究極的に考えつめても、要するに詩は天衣無縫、自由自在、かりにもぎこちなさがあってはならず、本来、人のいのちから生まれるものであって、詩学や詩法の優先すべきものではない」（『深尾須磨子詩集』あとがきより）。

「詩は十字架であり、業である。いわゆる詩人を忌避、詩についてはあくまでもアマトールでありたいと念願する」（『自伝』より）。

彼女たちが主張することの真意がわからないわけではない。そこには詩がいたずらに技巧に流れ、流行の言葉や目あたらしい方法のまねごとにうき身をやつし、そのことに詩的評価が置かれるかのような詩壇の在り方への怒りがあるだろう。だが、これらの言葉を一時期において女性詩人の代表格として世間に遇された詩人の発言として考えてみるとき、一抹の寂しさを感じさせられずにはいない。実際、深尾須磨子の状況への反応はつねに上滑りであって、多くの戦争詩を書き発表してきた戦争中の自分を、戦後あっさりと自己批判したその反省の仕方にも、また一九四九年に書かれて須磨子の戦後の快作として知られる「ひとりお美しいお富士さん」にしても、結局そこにあるものは文学的にも思想的にも倫理的にも決して深められることなく、ただ時代に過敏に反応し表層を踊る過剰な身のこなしが見えるだけなのだ。

ヘン　お富士さんだって?
おもしろくないよ
薄情に冴えきった冬の鏡の中の
白のクラシックのニュー・ルック

いやだね　それだれの真似？
バラック屋根の東京からじゃ
まるではきだめに鶴だよ
青ざめたそこいらの詩人さんなら
泥沼の白鳥だなんてこじつけるだろうよ
あの白が剝いじゃいたいね
第一　あのポーズが気にくわないよ
あんなの叩っこわしておはぐろ溝へちゃいしたい

（「ひとりお美しいお富士さん」部分）

与謝野晶子の跡を継いで女流詩壇の第一人者的な存在にあったと言われる須磨子だが、状況的な発言には極端な観念のりきみとそれゆえの浮き上がりが目立った。
しかしわたしは須磨子を批判しすぎたかも知れない。戦争期に戦争詩を書き、戦後たちまち反省したのは彼女ばかりではないのだから。この詩人の場合、むしろ自然とのかかわりにおいて内なる心のゆらぎを素朴に、愛惜を籠めてうたった小品に感性豊かなみずみずしい佳作が多い。

昭和初期――左川ちか

私は最初に見る　賑やかに近づいて来る彼らを　緑の階段をいくつも降りて　其処を通つて　あちらを向いて　狭いところに詰つてゐる　途中少しづつかたまつて山になり　動く時には麦の畑を光の波が畝になつて続く　森林地帯は濃い水液が溢れてかきまぜることが出来ない　髪の毛の短い落葉松　ていねいにペンキを塗る蝸牛　蜘蛛は霧のやうに電線を張つてゐる　総ては緑から深い緑へと廻転してゐる　彼らは食卓の上の牛乳壜の中にゐる　顔をつぶして身を屈めて映つてゐる　林檎のまはりを滑つてゐる　時々光線をさへぎる毎に砕けるやうに見える街路では太陽の環の影をくぐつて遊んでゐる盲目の少女である。

（「緑の焰」部分）

左川ちかが詩を発表したのは十九歳から二十四歳までのわずか五年間のことであり、その間、彼女の詩は技法的にも内容的にもほとんど変化しなかったが、比較的早い昭和六年十二月の「詩と詩論」に発表されたこの作品は、視線のリズミカルな移動によって時間とイメージの変化がかろやかに語られており、心理的生理的な屈折率の高いその詩群の中では目立って明るく素直に感じられる作品だ。

北海道の、ことに雪の多い日本海側の余市出身の彼女には、長い冬のあといっせいに芽を吹き森や畑や林檎園をおおい尽くす若葉の色が、まるで燃え上がる緑の焔のように感じられたのである。ちかは視力が弱く、春先の緑が萌える季節には必ず眼をいためて通院していたということであり、「盲目の少女」という言葉はそこからの発想かも知れない。引用の詩は次のように続く。

私はあわてて窓を閉ぢる　危険は私まで来てゐる　外では火災が起つてゐる　美しく燃えてゐる緑の焔は地球の外側をめぐりながら高く拡がり　そしてしまひには細い一本の地平線にちぢめられて消えてしまふ

（「同前」部分）

だが、ちかにとって弱いのは視力だけではなかった。幼い頃から虚弱であった彼女には、生命力を謳歌する緑の色はかえって危機の兆しとしてとらえられてもいるようだ。地球の外側をめぐって燃え盛る緑が最後には「一本の地平線にちぢめられて消えてしまふ」というように、その詩には夭折に向かう生命の衰弱感がつきまとっている。

ちかの詩は、このように具象的なイメージをひとつずつ組み立てることによって構成されており、感情を抑えたその詩法は一貫してわが国の詩が持つ抒情の韻律とは無縁の、散文的な乾いた硬質の文体を持っているが、といって言葉は説明的に用いられているのではない。それらは書かれた紙の上に「もの」のように置かれ、イメージによって構築された詩的世界の一部として現れてくる。

昭和五年に最初の詩「昆虫」を兄川崎昇の発行する「ヴァリエテ」に発表したときから、すでにちかの詩は伝統的な韻律や美意識の流れから完全に自由であり、いわば当時輸入されたばかりの超現実的な詩法を身につけていた。彼女が詩を発表した詩誌は、川崎昇と伊藤整が創刊した「文芸レビュー」や、同人として加わった百田宗治の「椎の木」のほか、春山行夫らの「詩と詩論」、北園克衛の「白紙」「マダム・ブランシュ」、「今日の詩」、「文学」「カイエ」「海盤車」など、いずれも昭和初期のエスプリ・ヌーヴォーの最前衛の詩誌であることからも、その詩の新感覚が前衛的な詩人たちに歓迎され、受け入れられたことを物語っている。

ちかの詩の独自性はまずその超自然のイメージにあった。「つまらなくなった時は絵を見る。其処では人間の心臓が色々の花弁のやうな形で、或は悲しい色をして黄や紫に変色して陳列されてゐるのを見ることが出来る。（中略）あのずたずたに引き裂かれた内臓が輝いてゐるのを見ると、身顫ひがする位気持ちがよい。」（「魚の眼であったならば」部分）と書いているように、イマジストの彼女は無意識の夢を描くシュールレアリスムの画家たちの絵画につよい関心を持っていたようである。また高等女学校の師範部で英語教員免許を取得した彼女には、ジェイムズ・ジョイス『室楽』やヴァージニア・ウルフの短編「憑かれた家」などの翻訳があるが、そうした翻訳の作業の中で、言葉を意味としてではなくオブジェとしてとらえ、組み立て造形してゆく技法を自然に身につけていったと思われる。その言葉から情緒の湿りや重さと無縁の即物的で乾いた感触を受けるとすれば、翻訳言語的な感覚で言葉が使われているからだ。

しかし彼女の詩が、いわゆるモダニズム詩人たちの詩とあきらかに一線を画しているのは、書かずにいられない切迫した内的理由があったからであろう。繰り返すが病身の彼女に与えられた詩作の時間はわずか五年間であり、その間に八十篇あまりの詩と一冊の訳詩集、その他かなりの数の詩と詩論の翻訳を残した。ことにジョイスの訳詩集を完成し、北園克衛主宰のアルクイユのクラブ員になった昭和七年頃には、月に何作もの詩をさまざまな詩誌に発表するなど、その失われつつある時間のすべてを詩に集中していたことがうかがえる。そしてその中で感覚が生命の先端に届くところで、予感されたものに出会うかのように不安なイメージが現れてくる。それは詩人の直感がとらえた内的イメージの不思議としか言いようのないものだ。

料理人が青空を握る。四本の指跡がついて、
——次第に鶏が血をながす。ここでも太陽はつぶれてゐる。
たづねてくる青服の空の看守。
日光が駆け脚でゆくのを聞く。
彼らは生命よりながい夢を牢獄の中で守つてゐる。
刺繍の裏のやうな外の世界に触れるために一匹の蛾となつて窓に突きあたる。
死の長い巻鬚が一日だけしめつけるのをやめるならば私らは奇蹟の上で跳びあがる。

死は私の殻を脱ぐ。

（「死の髯」）

二十四歳の短い生涯の間のわずか五年の詩的活動において、「知性の詩人」としての左川ちかの名は詩界の中心に届いた。とはいえその詩は知識で作り上げられたものではない。「非常にすなほな詩であるが、真から何者か詩的熱力をもつてゐられて、決していいかげんに人工的につくられてゐるものでなく、本当に詩に生きてゐられた感じがあります。そして非常に女性でありながら理知的に透明な気品のある思考があの方の詩をよく生命づけたものであると思はれます。」その死を悼んでまとめられた「追悼録」での西脇順三郎の言葉が、左川ちかの詩の特色をよくとらえていると言えるだろう。

モダニズム詩と女性たち

「詩と詩論」に登場した女性詩人は、左川ちかのほかに江間章子、山中富美子がいた。またほぼ同時代に詩の出発をした上田静栄（友谷静栄）、中村千尾らもモダニズム詩の影響を受けた詩人と言えるだろう。彼女たちはそれぞれにこの新しい詩潮をよく学び、各々の個性においてその理論を柔軟に実現した。わたしたちは彼女たちの詩によって、シュールレアリスムが主張するイメージの独立や西脇順三郎が「機智のよろこび」とか「諧謔」と呼んでいる、かけはなれた関係を近い関係に置き、近い関係をかけはなれた関係に置き換える詩作のメカニズム、またそれらを具体化する試みとして、北園克衛らの実践的理論から出発した女性によるモダニズム初期の作品に出会うことができる。

薔薇色である幌馬車の翳が庭園に向った窓掛けを揺すぶる。ちやうど小さい心臓であつた。それは青い麦畑の中でハタと止まり、かつてその窓掛けにふれた手のやうに、和蘭製の柱時計のやうに、想ひ出されたやうに、動き出し、白い指先は祈る姿で組まれ、けれど此の邸の広間にある彩細模様の壜は香高い花の重みで崩壊れていつた。……あ、あれは懐しいお祖母さんの木、鈍い鉛色の杖をついて。――私は膝の上に GREEN・GARDEN なる書物を伏せる。（若い作曲家はちやうど此のやうな午後死んでいつた。）石の階段は夢見る。仄かなる雲。それはなほ睡り続ける氷のやうに冷たい羽毛をもつた小鳥でゞもある。――この階段を踏んで芝生に降りると、青い河の下流では華やかな春の祭典、船底の塗具の塗換工事が行はれる。

（「春」）

初期VOUの同人で、昭和十一年に詩集『春への招待』をVOUクラブから出版した江間章子は、左川ちかとともに昭和モダニズム詩を代表する女性詩人のひとりだ。彼女は大正二年（一九一三年）に新潟県高田市（現上越市）に生まれる。県立静岡高女を卒業後上京して駿台女学院に学んだ。その後自立を求めて外務省の外郭団体に就職するが、そのころ仕事上で知り合った「詩と詩論」のメンバー坂本越郎のすすめで詩を書きはじめ、百田宗治創刊の詩誌「椎の木」の同人となる。ここで二歳年上の左川ちかと知り合うことになった。以後、江間は「詩と詩論」の後身「文学」や、「文芸汎論」に詩を発表し、北園克衛の「VOU」に参加するなど、順調にモダニズム詩の詩人として成長してゆく。明るく華麗なイメージで紡がれた江間章子の詩にはいかにも女性らしいやわらかさと健康さがあり、ちかのそれが無意識の突出を感じさせる病的で不気味なはげしさを秘めているのと対照的に、その華麗なイメージの奔流にはここちよい節度が働いている。章子の詩のモダンで明るい雰囲気と知性のかたちを愛する人は少なくないだろう。

こうしてモダニズムの詩人としてはなやかに出発した江間章子の詩には、だが当時のモダニズム詩人としてはめずらしく社会的な眼を感じさせるものがある。次の詩には戦争で傷ついた青年がうたわれている。

戦争は女から男たちを奪ふといふけれど
それはぼくから眼をとりあげた
ぼくは姿のない彫刻と愛し合つてゐる気持だ
優しい声も言葉もレコードをかけてゐるやうだ
ちやうどむかし　貧しかつた室に女優のポートレート

一枚貼りつけていたやうな

（「一九三七の蛇」部分）

戦後、江間章子はその健康で建設的な感性の赴くままに社会的な傾向を発展させ、ヒロシマやビキニを詩にうたい、作詞家としても活動したが、初期の『春への招待』や、昭和八年から十四年の間に書かれ、長い時間を経て平成二年にようやく出版された『タンポポの呪詛』の詩群がやはりこの詩人を代表する作品と言えるだろう。

初期モダニズムの女性の詩としては左川ちか、江間章子の作品のほかに、昭和六年の「詩と詩論」第十二冊にちかの代表作のひとつ「青い馬」と並んで掲載されている山中富美子「夜の花」がある。

左右の端麗な決定と悲哀とにかかはらず、
かたはらまでおとづれた夜半は最早、豫言を
生命としない。
　　　　　　　　　　おおこの室内、
すでに意味の無い輝き、沈んだガラスの神話

或ひは冷酷な無言が、死の床に時計の夢を、
又はかたはな物語を伝へた。

（「夜の花」部分）

多彩なイメージと言葉によるゴシック建築と呼びたいような堅固な構築性がここにはある。江間章子『埋もれ詩の焔ら』によれば、山中富美子は九州の人で「東京へ出て来れないばかりか、その土地でも外出できない不自由な躰」だと噂されるミステリアスな存在だったらしい。ポール・ヴァレリー的と言われ、彼女に会いに九州まで出かけた男性詩人もいたらしいが、「椎の木」「詩と詩論」にその謎めいたエキゾティックな作品を残すのみである。

時代が下って昭和十五年に出版された上田静栄『海に投げた花』の「液状空間」も、モダニズム詩の影響下に書かれた秀作にあげることができるだろう。

夕暮、わたしたちは市街へでました。
つねに勇ましい都市の中へ。
雑多な金属と雑多な鉱石との打軋る中へ。
黄金の水と飛ばない硝子の鳥等の中へ。

無限にながい群衆の魂をわがものとして。
さうしてわたしたちは、
悲しい液体性の空間からのがれるのでした。

（「液状空間」）

上田静栄は旧姓を友谷と言い、明治三十一年（一八九八年）に大阪で生まれた。その後一家で朝鮮に渡り、京城の女学校を卒業するが文学をこころざして単身上京する。初期には林芙美子と二人誌「二人」を出し、岡本潤や小野十三郎とかかわりを持つなど、詩の出発はダダやアナーキズムの詩人たちとの奔放な交流の中から始まったが、のちにモダニストの上田保と結婚した。第一詩集『海に投げた花』にはモダニズム詩の洗礼を受けた作品が収められており、感情の情緒的な流れを、逆に硬質な金属的イメージで組み立てるなどシュールな技法に新鮮なものがある。同詩集からもう一作引用しておきたい。

私のまはりに、
砂をかむやうな音をたててゐる時計を、
ありとあらゆる古時計を、

ギリリッと一つのこらずネヂきつてしまひたい。
そして、
大理石の円柱のやうに冷たく立つてゐたい。
勇ましい砲弾のやうに真白な空間をとんでゆきたい。
巨大な反射鏡となつて美しい星の電波をよんでゐたい。
（「抵抗」）

ダダやアナーキズムの洗礼をうけたのちにモダニズムに向かった静栄ならではの、詩に青春を賭けた鮮烈な気迫を感じさせる。

こうして初期モダニズムの女性たちの詩を読んでゆくと思いがけぬ佳品に出会って驚かされるが、一方では甘く美的なイメージにナルシスティックに陶酔するものも多く、たとえば当時の純粋詩の世界で好まれた「シルクハット」や「貴婦人」などの語が示すように、彼女たちが好んで使った新流行の語彙の多くがむしろ新しさゆえに詩を短命にしていることに気づかされる。ファッショナブルな言葉の命の短さを教えられるのだ。

アナーキーな感性——林芙美子

大正末から昭和へのほぼ十年間の時代の風は、それまでになかったタイプの新しい女性詩人たちを出現させた。モダニズム詩の左川ちか、江間章子、山中富美子、上田静栄、歴程の馬淵美意子などのほか、英美子、森三千代、林芙美子、竹内てるよ、中野鈴子、永瀬清子、港野喜代子など、アナーキズムやプロレタリア系の詩人が登場したのもこの頃だ。それはちょうど臨界点へ向かって高まりつつあった一九二〇年代の社会のアナーキーな感性が、女性の表現にもより自由な雰囲気をもたらしたことを示している。

明治の末に女性による唯一の表現の場として創刊された「青鞜」が、四年半の活動ののち大正五年に自然廃刊になったあと、「青鞜」会員で尾竹紅吉の名で知られた富本一枝による「番紅花」（大正三年）、生田花世らによる「ビアトリス」（大正五～六年）、三宅やす子「ウーマンカレント」（大正十二～十五年）などが相次いで発行されている。いずれも長続きしなかったが、女性主導の雑誌を持続させようとする彼女たちの熱意を感じさせる。またかつて

「青鞜」の賛助会員だった長谷川時雨は、岡田八千代とともに大正十二年に第一次「女人芸術」を創刊するが、この年の関東大震災のためにわずか二号で中断された。しかし「青鞜」の志を継いで女性の手で女性のための表現の場をつくるという長谷川時雨の熱意はつよく、夫で小説家の三上於菟吉の出資を得て、自宅を編集所として昭和三年七月に再び「女人芸術」を創刊することになる。

「水無月とは瑞々しくも清朗な空ではないか。いたるところに生々の気はみちみなぎつてゐる。だがなんと、いま全世界で、この日本の女性ほど健かにめざましい生育をとげつゝあるものがあらうか？　初夏のあした、ぼつぱいと潮が押しあげてくるやうに、おさへきれない若々しい力をためさうとしてゐる同性のうめきをきくと、なみだぐましい湧躍を感じないではゐられない。あたしもその潮にをどりこみ、波の起伏に動きたいと祈る」。雑誌にかけた長谷川時雨の熱意は、この創刊号の編集後記の言葉からも十分に感じとることができるだろう。創刊号は山川菊栄、神近市子らによる評論、平林たい子、真杉静枝、長谷川時雨らの創作を柱に、岡本かの子らの短歌、深尾須磨子、米澤順子らの詩、岡田八千代、生田花世らの随筆が並んでおり、創作とともに評論に力を入れた編集方針がうかがわれて興味深い。

ところで「女人芸術」に連載されたことによって注目され、昭和五年に一冊にまとめられて林芙美子のデビュー作となった『放浪記』は、持って生まれた文学の才能と若い肉体のエネルギーだけをたよりに地方から単身上京した貧しい娘が、東京という大都会の中を捨身のはげしさで生きぬくさまが赤裸々にひたむきな口調で語られており、発売とともにたちまちベストセラーになった。

男は炭団のようにコナゴナに崩れていった。ランマンと花の咲き乱れた四月の明るい空よ、地球の外には、颯々として熱風が吹きこぼれてオーイオーイと見えないよび声が四月の空に弾けている。飛び出してお出でよっ！　誰も知らない処で働きましょう。茫々とした霞の中に私は神様の手を見た。真黒い神様の腕を見た。

（『放浪記』部分）

詩と散文によって綴られたこの独特の「歌物語」に充満する身ひとつの過激なリズム、すてばちなしかし解放感に満ちた芙美子のリズミカルな文章は実に爽快だ。そこには若い肉体からあふれ出す生々しい生の息吹がある。

私は野原へほうり出された赤いマリだ！
力強い風が吹けば
大空高く
鷲の如く飛び上る。

（「赤いマリ」部分）

この自由奔放な感覚は、しかし林芙美子だけに感じとられていたものではなかっただろう。それは高橋新吉『ダダイスト新吉の詩』の、「DADAは一切を断言し否定する。／無限とか無とか　それはタバコとかコシマキとか単語とかと同音に響く」（「断言はダダイスト」部分）という、この一切の否定による自我の解放にも、「金　金　金　金　金　金　金／資本主義の金だ！／借金をふやすのが一番好い！／／墓場だ！　墓場だ！／恋愛も　理想も　夢も　みんな正体をあらわして／今　滅びてゆこうとしている！」と叫ぶ萩原恭次郎（『死刑宣告』「墓場だ　墓場だ」部分）にも共通する無産者階級の過激さであり、それは昭和初期という時代が生んだ、アナーキーな感性的表現の中のすぐれたひとつなのである。

大正十二年に萩原恭次郎、岡本潤、壺井繁治、小野十三郎らによって創刊されたアナーキズムの詩誌「赤と黒」は、「詩とは爆弾である！　詩人とは牢獄の固き壁と扉とに爆弾を投ずる黒き犯人である」という勇ましい宣言を掲げて出発した。ひたすら破壊を唱えるこのニヒリズム、暴力的な否定の叫びはいうまでもなく貧しさにあえぐ下層大衆の絶望の裏返しであり、抑圧される階級の代弁者である彼らはそれぞれに大正末期の社会思想の混沌とした賑わいを共有していた。このような一種祝祭的な虚無の解放感の中でもまれることによって、林芙美子の宿命としての放浪の詩が初めて言葉を得たということができる。たしかに昭和四年に出版された芙美子の処女詩集のタイトル『蒼馬を見たり』は、帝政ロシアのテロリストを描いたロープシンの『黒馬を見たり』を思わせ、芙美子のテロリストへの激情的なシンパシイを想像させせられるものがある。

　とはいえその共感は感情的な次元でのことであり、彼女がイデオロギーにほとんど関心を示さなかったことは「ランタンの蔭」(『蒼馬を見たり』所収)の「カクメイとは北方に吹く風か……」というリフレインからも感じとれるだろう。芙美子自身ものちに「私は、なるべく邪魔にならぬところで、生きさせて貰おうと願った。私は私だけの天地のなかで、花を咲かせる工夫をした。私は左翼にも右翼にもなる事が出来ない。貧しいプロレタリヤでありながら、私はプロレタリヤ運動にははいってゆけなかった」と述べた。

詩とエロス——森三千代

近代女性詩の中で森三千代ほど肉体の官能の深さを感覚的にとらえた詩人はいない。このエロスの感受性の豊かさ、肉体的存在としての人間の深部へとどく官能への大きな肯定が、夫である金子光晴とともに異国をさまよう彼女の長い漂泊の日々の孤独を耐えさせたとは言えないだろうか。

眠つているからだを動かしてはいけない。陶器のやうなもろい夢に
　抱かれてゐるからだを動かしてはいけない。
バナナの畑は、薄明《あけがた》のなかで、そつと寝てる、いつぱいに熟つたバ
　ナナの房と房とが、重つたうへに重つたたまま……
霧と瓦斯のなかに、たくさんなバナナの思想と、からだとが重つて
　眠つてるのをあたしは見ながらゆく。

（「出発」部分）

その「からだ」はバナナと同じふくらみと重さを持ち、深い眠りの中で同じ夢に抱かれている。葡萄酒を熟成させるためには寝かせておく静かな時間が必要であるように、彼女のナルシシズムはたっぷりとした夢に抱かれて眠りたがっているのだ。そこにはいかにも香り豊かで官能的な南アジアの夜がある。

だが彼女はいつも言葉が熟成する時を待たずに出発せねばならなかった。それは彼女自身の意志であり自由であったから、その旅がどんなに孤独とノスタルジイの痛みを与え続けるとしても彼女の出発を止めることはできない。先に引用した「出発」の後半は次のようにうたわれている。

バンドン行の汽鑵車が汗をかいて、火の粉をからだ中から散らして
　走る。
どこへ逃れ、何から逃れてゆくのだ。
たくさんのあたしから逃れてゆくあたしは誰だ。

水平線を横切るものは、森なのか。
さうではない。それは、この世のありとあるタンブル、バゴダが次
から次へ並んで、しののめの果を旅立ってゆくのだ。

光晴の詩集『水の流浪』（一九二六年）の出版から、三千代の『東方の詩』（一九三四年）出版までには八年の歳月がある。光晴の『自伝』によれば、「勝ち誇ったような眼をした、健康そうな、カリカリした娘」森三千代が『こがね蟲』の詩人の部屋を初めて訪ねたとき、彼女はまだお茶の水の女高師に在学中だったが、大正期の解放思想に影響を受けた新しい女である彼女は、「肉体と心の燃ゆる時を一期と考え、必ずしも結婚に実をむすばせるものとは考えていなかった。」とあるように、恋愛や結婚についてかなり自由な考えを持っていたようだ。だが妊娠という思わぬ事態のため結局退学して結婚することになった。『水の流浪』の一部は二人の恋愛と官能のよろこびをうたう言葉で占められている。その後の、上海への二人の旅と出産、新しい恋愛と恋人との別れ、その清算のために光晴とともに出発した東南アジアからフランスまでの、あしかけ五年にわたるあてどない旅。それは女性の身にとって自由と言うにはあまりにも苦しい流浪の旅であったようだ。

「何から逃れてゆくのだ。／たくさんのあたしから逃れてゆくあたしは誰だ。」とうたう彼女の「出発」に、わたしは近代日本が女性に課した因習から決然と自立を求めた人の、矜持と哀愁の深さを見ずにはいられない。

一九二〇年代から三〇年代前半までの時代の感性の自由は、新しい思想や詩潮のもとにさまざまな詩を生んだ。モダニズムからコミュニズムまで、この時代の表現の幅は、わたしたちがいま想像するよりもはるかに広かったようである。

自我の桎梏——永瀬清子

一九三〇年（昭和五年）には永瀬清子『グレンデルの母親』が出版された。この詩集の理性的な空間の広がりには、これまでの女性詩にない自我の強さ、「私」という存在にこだわる自己主張がある。

グレンデルの母親は
青い沼の果の
その古代の洞窟の奥に
（或は又電柱の翳のさす
　冥い都会の底に）
銅色の髪でもつて
子供たちをしつかりと抱いてゐる。

古怪なるその瞳で
蜘蛛のやうに入口を凝視してゐる。
逞ましいその母性で
兜のやうに護ってゐる

子供たちはやがて
北方の大怪となるだらう
（或は幾多の人々の涙を
　無言でしっかり飲みほす者となるだらう。）

悽愴たる犠牲者の中をも
孤りでサブライムの方へ歩んでゆくだらう
悪と憤怒の中にも熔けないだらう。
そして母親の腕の中以外には

悲鳴の咆哮をもらさぬだろう！

（「グレンデルの母親は」部分）

「グレンデルの母親は」は、イングランドの古い伝説詩をモティーフとして、この英雄譚を敗者グレンデルの母親の立場からうたうというアイロニイのひねりの効いた斬新なアイデアで書かれた。永瀬清子の詩の初期にこのようなモダンな好みが見られるのは、幼少の頃キリスト教系の幼稚園に通い、高等女学校の英語部で英詩に親しんだことにもあるのだろうが、それればかりでなく、この若い詩人の精神が日本的な情緒の世界とは異なる、ある明晰な知の広がりを求めていたことを思わせる。とはいえ、モダニズム詩やプロレタリア詩の勃興期にあった大正末期に、清子の関心がそれらの思想にストレートに向かわなかったとすれば、それは彼女の現実感覚によるものだろう。

永瀬清子の詩の出発は、当時「日本詩人」の編集を任されていた佐藤惣之助が、その後記に、新しく「詩之家」という同人誌を創刊し添削部をもうけると書いた文章を見て投稿を始めたことにあった。自然と人情をどこか南方的なモダンな感覚で官能豊かにうたう佐藤惣之助の詩を読み、その懇切かつ具体的な指導を受けたことはたしかに清子の詩の出発を助けたにちがいない。だが『グレンデルの母親』を出した後の清子にとって、惣之助の世界はすでに物足りぬものがあったはずである。やがてそこを出て北川冬彦の「時間」に入るのは、現実家らしい清子の求めるところでもあっただろう。

そしてそのとき、彼女を内部から支えたものは、唯一の「私」という、この詩人の強靭な自我であった。永瀬清子の詩を特徴づけるもののひとつは、「私」というこの一人称の主語の多出である。しかもそのことは清子自身にも十分自覚されていたようだ。昭和十五年の『諸国の天女』出版のおりに宮本百合子が「永瀬さんは「私は」「私は」と書いているが、その「私」の中にどっさりの女が含まれている」と批評したことにふれて、「私の詩がいつも「私は」「私は」と書いていることは弱点みたいに他の人からも指摘されていたのだが、宮本さんからこのように肯定的に云って下さり、どんなにか自信を得た」(『すぎ去ればなつかしい日々』より)と述べている。

このように清子にとって詩とは基本的に己の「自我」と向き合い、それを認識するための場、そして主張してやまない自我の桎梏から、より普遍的なはれやかな場所へと自己を解放するための鍛練の場であった。

清子は終戦直前の昭和二十年一月に東京から生地の岡山に戻り、そこで終戦を迎えることになったが、戦後の混乱の中で早くも『大いなる樹木』（昭和二十二年）、『美しい国』（二十三年）、『焔について』（二十五年）と、戦後の女性解放を謳歌するかのように、主要な詩集をたてつづけに出版していることに驚かされる。当時清子は家族の暮らしを支えるために郷里熊山町で農業を始めていたが、これらの詩を読むと、それは在るべき姿を求めての選択であったかのように思えてくる。

焔よ
足音のないきらびやかな踊りよ
心ままなる命の噴出よ
お前は千百の舌をもって私に語る、
暁け方のまっくらな世帯場で――。

年毎に落葉してしまう樹のように
一日のうちにすっかり心も身体もちびてしまう私は
その時あたらしい千百の芽の燃えはじめるのを感じる。

その時私は自分の生の濁らぬ源流をみつめる。
その時いつも黄金《きん》色の詩がはばたいて私の中へ降りてくるのを感じる。

（「焔について」部分）

いちにちのきびしい労働が始まろうとする早朝の厨の、燃えるかまどの火を前にこの詩はうたわれている。農婦であり主婦である日々に疲れた彼女の心と身体が、燃え上がる火にいのちの源流を見て、あらたに生きるエネルギーを与えられる。その一瞬「黄金色の詩」が清子のなかに降りてくるのだ。しかし彼女にとってその至福は長くは続かない。

でもその時はすぐ過ぎる
ほんの十分間。
なぜなら私は去らねばならない
まだ星のかがやいている戸の外へ水を汲みに。
そしてもう野菜をきざまねばならない。
一日を落葉のほうへいそがねばならない。

主婦であり母である清子の生活者としての現実感覚は、「黄金色の詩」のかがやきにいつまでも心を奪われている自分を許さない。詩と日常、夢と現実のはざまにあって夢を断念するというこの主題は、初期の「星座の娘」に始まり、戦後の名作「諸国の天女」を経て晩年の「あけがたにくる人よ」まで、一貫して書き続けられたこの詩人のテーマであるが、それはまたおおくの女性たちが共感するテーマでもあるだろう。そのことはこの詩人が超越的な詩人として生きることを望まず、ごく普通の人間であり女性であることを選び、生きる内部に抱えられた葛藤をいつわらず問い続けることによって、より深く詩人である道を選びとった、そのことを示していると思われる。

岡山に生まれ岡山を出て、ふたたび岡山に帰った清子は、平成七年（一九九五年）に八十九歳で亡くなるまで郷里に在って、現役の詩人として精力的に活動をつづけた。昭和五年の詩集『グレンデルの母親』以後、戦前、戦中、戦後を通してたゆまず詩を書き続けた永瀬清子は、女性の詩の近代と現代を結ぶ貴重な存在である。

II

〈女〉というパラダイムの変容——戦後女性詩の四十年

一九四五年の敗戦による新しい民主化の波は、女性たちに旧い家族制度や道徳からの解放と、男性と平等の様々な権利を一応は約束した。婦人参政権の実現、婚姻における両性の平等、財産権、相続権の平等、職業選択の自由、男女共学、女性への大学の解放……それらのすべてが現実に実現されていったかどうかは置くとして、新しい権利を得、諸法制の成立を見た戦後の十年は、とくに女性の意識が明るく解放され高揚した時代である。詩集の発行が増えその中で女性による詩集の比率は年ごとに高まっていった。とくに戦前、戦中を通して一貫した詩作の態度を維持しつづけた永瀬清子が、一九四六年『星座の娘』、『糸針抄』(短章集)、四七年『大いなる樹木』、四八年『美しい国』、五〇年『焔について』と、わずか五年足らずの間に四冊の詩集と一冊のエッセイ集をあい次いで出版していることは、当時の社会事情を考えると、おどろくべき事である。

女性として母としてある日常から、生きることの倫理を言葉によってたしかめ昇華させてゆく永瀬清子の詩は、深くその〈くらし〉に根ざし、自然へのおおきな信頼に満ち、その確信は時代の流れの中でいささかもゆらぐことがない。戦前、戦中、戦後を通して一貫した姿勢を保ちつづけられた理由は、まさにこの大いなる自然性とよい意味での自己中心——何よりも自らの存在そのものへのあくなき関心の故であるだろう。その一貫性について語られた詩人の次の言葉は大変興味深い。

「昭和のはじめ「詩と詩論」運動が盛んで清新な感覚をもった泰西の訳詩が流れこみ、若い人々を魅了した。そのころは大阪に住んでいた詩人たちもほとんどそのシュールレアリズムの影響をうけ、たまたま私の詩集『グレンデルの母親』がその様式で書かれていない事を流行にそわないとせめ、惜しがる人々もあった。（中略）所が私は、そうした流行を考えるひまのないくらい自分のあり方に執して居り、流行がどうあろうと意識してそれを踏襲することはできなかった。自分の目方で川の中に座りこんでいる岩みたいに、流れ去るものを流れ去らして平気でいた。

つづいてプロレタリア詩がはげしく興隆し、すばらしい詩も次々と書かれた。労働者の詩、アナーキストの詩に魅了される作品も多かったが、私の生活そのものを直ちに変える事はで

きない。そして心うつ詩とは何かをみつめていると、やはり中心になる詩人の問題に尽きるようにも思える。（中略）
　まことに私は自分をみつめていつも「私は」「私は」と書くほかないらしい。しかし『諸国の天女』について宮本百合子さんが書いて下さった文中に、その「私」の中には「どっさりの女がいる」といって下さった事は今も忘れぬ嬉しい言葉であり、そうであればどんなにいいかと思う。」この言葉は一九七九年の『永瀬清子詩集』出版にさいして新聞に書かれた「私の五十年」という文からのものである。長い引用になったが、ここには時代や流行と自己の詩作との距離のとり方が明瞭に書かれていて、女性が時代とかかわるかかわり方の一つのタイプがよく現れている。

　四十年余の戦後史における女性解放の歴史は女性の言葉解放の歴史でもあった。戦後という時代のもたらした女性の生き方の多様性が、戦前、戦中には表現できなかったさまざまな個性的表情を生み出し五〇年代の終りにはすでに戦後女性詩の主要な詩人たちの多くがデビューしている。ここでは戦前、戦中からつづくたとえば深尾須磨子のような詩人の活動、社会的思想的な動き、同人誌の運動などにはふれてゆく余裕がない。とりあえず、年代の多少の前後などにこだわらずもっともめざましい言葉にのみ焦点を当ててゆきたい。
戦後詩というと先ず茨木のり子の「根府川の海」や、「わたしが一番きれいだったとき」がとり上げられる。それはまるで戦後詩の代名詞のような感じさえするが、茨木のり子の言葉はその優れた批評性と清新な言葉の日常性によって、敗戦からそれにつづく戦後の時代を生きるひとりの女性の、創意あふれる感性のかたちを具体的にわかり易く表現している。

女がひとり
頬杖をついて
慣れない煙草をぷかぷかふかし
油断すればぽたぽた垂れる涙を
水道栓のように　きっちり締め
男を許すべきか　怒るべきかについて
思いをめぐらせている
庭のばらも焼林檎も整理簞笥も灰皿も
今朝はみんなばらばらで糸のきれた頸飾りのようだ

噴火して　裁いたあとというものは
山姥のようにそくそくと寂しいので
今度もまたたぶん許してしまうことになるだろう
じぶんの傷あとにはまやかしの薬を
ふんだんに塗って
　これは断じて経済の問題なんかじゃない

女たちは長く長く許してきた
あまりに長く許してきたので
どこの国の女たちも鉛の兵隊しか
生めなくなったのではないか？
このあたりでひとつ
男の鼻っぱしらをボイーンと殴り
アマゾンの焚火でも囲むべきではないか？

（茨木のり子「怒るときと許すとき」部分）

日常の経験にはじまる茨木のり子の詩の魅力はここに見るように、個人の問題を普遍化するためのす早い転換の過程にある。出来事の本質にあるものを鋭く見抜く眼力と、感覚の言葉でとらえる技巧、その二つを同時に手中にすることによって、日常の場所からも自在に問題の核心を素手で打つことができる。戦争の悪や、社会の矛盾へ向かって放たれる何よりもそのあざやかな感受性の一撃が、戦後の女性の詩に覚醒を与えたと言えるだろう。

一方、戦後女性詩を代表するもう一人の詩人石垣りんの言葉はどうだろうか。石垣りんの場合は、戦前の詩への出発が戦争によって中断され、その再出発は職場の組合活動の機関誌からだった。初期の代表作「私の前にある鍋とお釜と燃える火と」のような、女たちの力強い内なる前近代にとどくような作品、あるいは「挨拶」や「夜話」や「日記より」のような社会的な問題意識は、やはりひとつの思想的な要請と、詩人の内部の声との緊張感ある出会いの中からこそ生まれるものであろう。そして、この詩人の私生活に密着したところからは、戦後の庶民のくらしやそこでの家族の愛憎をうたう、より直接的な表現が生まれた。

この屋根の重さは何か

十歩はなれて見入れば
家の上にあるもの
天空の青さではなく
血の色の濃さである。

私をとらえて行く手をはばむもの
私の力をその一軒の狭さにとぢこめて
費消させるもの、

病父は屋根の上に住む
義母は屋根の上に住む
きょうだいもまた屋根の上に住む。

風吹けばぺこりと鳴る
あのトタンの

吹けば飛ぶばかりの
せいぜい十坪程の屋根の上に、
（石垣りん「屋根」部分）

一家の生計を支えて働く詩人の背から片時も離れることのない家族のくらしを主題とした「家」や「屋根」や「きんかくし」など、一群の作品について三木卓は「彼女自身がそこで出合わなければならなかったことは、日本の家族制度の桎梏であり、また本質的な意味における家族の仮象性であり、生きていく人間の苛酷な条件を直視しようとしないで、欺瞞的な愛の場としての家庭を営む人間たちの姿だった」（「石垣りんの詩」より）とのべ、それを「自分自身の自我を守る」衝動ととらえているが、体験的心情を赤裸々に語ることで〈くらし〉や〈家族〉の中に隠された人間の業のような部分を、これほど率直に表現した女性の詩がかつて書かれただろうか。

さらに、一九五〇年代の女性詩人の中でもっともラジカルな一人として、『返禮』『カリスマのカシの木』の富岡多恵子をあげねばならない。

おやじもおふくろも

とりあげばあさんも
予想屋という予想屋は
みんな男の子だと賭けたので
どうしても女の子として胞衣《えな》をやぶった

すると
みんなが残念がったので
男の子になってやった
すると
みんながほめてくれたので
女の子になってやった
すると
みんながいじめるので
男の子になってやった

（富岡多恵子「身上話」部分）

〈男性原理〉、〈女性原理〉などという言葉が一時さかんに使われたが、人間にとって疑うべくもない性の意識を、くるくると言葉によってかろやかに逆転して見せる「身上話」には、この詩人の強烈な反逆心が鋭く現れている。茨木のり子や石垣りんの批評性が常に体験された現実の相に向けられそこから新たな現実をめざし乗越えられてゆくのに対して、富岡の批評性はわたしたちの固定化した意識の中枢にはげしくゆさぶりをかけてくるのだ。革命も宗教も愛もあらゆる既成の観念をうたがい、絶対化された理念やモラルにしたたかな相対化の裸眼を放つアジテーションとしての言葉、その軽快な運動性によって。

イクサをしているのは
わたしであって
それはたとえば
ことばをひとつ変えることかもしれぬ
それはたとえば
キモノをぬぐように
わたしをぬぐことかもしれぬ

それはたとえば
おっかさんをバラすことかもしれぬ

（同「that's my business」部分）

眠りこみたがっているわたしたちの意識を攪拌し、変革し、ぬぎ捨てる、その言葉ほど躍動する時代精神の在りかを新鮮に語りかけてくるものはない。あらゆる固定観念をアジり倒す言葉の「武器」が、詩の出発点においてすでに〈男・女〉という意識の中心へ打ちおろされているのはまことに痛快なことである。

だが富岡多恵子の出発はもしかしたら女の意識にとってさえ、早すぎる出発だったのではないだろうか。制度として与えられた男女の平等が、ほんとうの意味で実現するためには、どれほどの時間が必要かはわからないが、少なくともこの詩人は時代を三十年早く出発した「女性詩」の鬼子であったと言えるかもしれない。

一九五〇年代から六〇年代にかけて女性の詩はいっそう多様化し重層化してゆく。すでに「戦後ではない」という声の高まりとともに、戦後女性詩の中心的な役割を果した人々がはなやかに出揃って、黄金時代が近づく。先に挙げた詩人たちの他に、牟礼慶子、滝口雅子、岸田衿子、新川和江、白石かずこ、高田敏子、香川紘子、片瀬博子、吉原幸子、多田智満子、高良留美子、新藤凉子、金井美恵子、堀場清子、石川逸子、財部鳥子、黒部節子、森原智子、三井葉子、小柳玲子など名を挙げてゆけば限りがない思いがあるが、女性たちの声々が重なり合ったこの時期を迎えて、はじめてわが国の女性たちの詩が男性主流の現代詩の歴史の中で、ひとつの位置を占めることができたと言うことができるだろう。

言うまでもなくこのような女性表現の自由な発展の基礎には戦後日本経済の復興がある。一九五〇年代の後半からようやく立直りはじめた戦後経済は次第に成長期に入り日本は工業化に向けて変貌してゆく。家庭内では三種の神器と言われた電気掃除機、電気洗濯機、電気冷蔵庫の普及によって家事労働から解放された女たちは余暇を持つようになる。その上に次期の3C、カラーテレビ、カー、クーラーなど大型消費財が国中に出まわり始め、高度産業化の波が女性を労働の場へ引き出して経済的自立意識を高めていった。安保とその後に来る全共闘運動の時代へ、現代詩の思想的なボルテージが高まりウーマンリブの運動が女性の言葉をつき動かしてゆく。

白石かずこの「男根」はこのような時代に書かれたが、それは一つの〈事件〉として世間には受けとられたようだ。

神は　なくてもある
また　彼はユーモラスである　ので
ある種の人間に似ている

このたびは
巨大な　男根を連れて　わたしの夢の地平線
の上を
ピクニックにやってきたのだ
ときに
スミコの誕生日に何もやらなかったことは
悔やまれる
せめて　神の連れてきた　男根の種子を
電話線のむこうにいる　スミコの
細く　ちいさな　かわいい声に
おくりこみたい

（白石かずこ「男根」部分）

この詩について白石かずこ自身の言葉を聞いてみよう。
「あれは六〇年代の中頃の作品で、まだアメリカの、アレン・ギンズバーグが『吠える』という長篇詩を出して、赤裸々にアメリカの姿、恥部を告発した五〇年代から、あまり、まもない時でした。つまり日本では女の詩人が恋とか愛についてはかくが、セックス、性器、そのものをズバリ、日本語で一度も表現していなかった時代です。北園克衛が五〇年代に陰毛というコトバを使ったのが当時、新鮮に感じられたくらいだから、日本の女の詩にズバリ「男根」という題を使い、そのテーマで詩をかいた事は初めてのことなので、当時、週刊誌などマスコミでは充分、スキャンダルになり得たのです」(「詩と思想」37号特集〈性・男と女〉より)。

作品の価値は評価されながら世間的には「男根詩人」「性詩人」として「ダーティにとられ」たと当時が回想されているが、確実にひとつの〈タブー〉を打ち破ったこの作品の爽快で清潔な精神性、それは女性の詩にある無意識の抑圧のひとつを解放した記念碑的な意味を持っている。形の上では自由になったとはいえ、まだ古い封建道徳の遺制を幾重にもまとった日本の因習的社会、そこに生きる女性の言葉にしみ込んだ様々な抑圧や疎外から生まれながらにして自由なこの詩人の詩世界は、〈性〉ばかりでなく〈人種〉や〈国境〉からも自由である。のちの『聖なる淫者の季節』、『一艘のカヌー、未来へ戻る』などの交響詩的作品で、国境や地平線を越え時間を越えて宇宙空間まで飛翔してゆく白石かずこの広大な想像力と呪術的な喚起力の根源にあるものは、しかし真の意味での女性的なエロスの力であろう。

一方、新川和江の詩は日本という固定社会のワクの中に生き、そこで母であり、主婦であり、女であることの豊かさをうたうことによって逆に、女性に与えられた因習的な差別感情の壁を人間として打ち破っていった。

わたしを束《たば》ねないで
あらせいとうの花のように
白い葱のように
束ねないでください　わたしは稲穂
秋　大地が胸を焦がす
見渡すかぎりの金色《こんじき》の稲穂

わたしを止《と》めないで
標本箱の昆虫のように
高原からきた絵葉書のように
止めないでください　わたしは羽撃《ばた》き
こやみなく空のひろさをかいさぐっている
目には見えないつばさの音

（新川和江「わたしを束ねないで」部分）

男性並の筋肉の論理で立ち向かうのではなく、女の言葉のやわらかなリズムの豊かさ、その大いなる自然性においてゆるやかに向き合っている。ポピュラーな日本語の美しい表情や意味やリズムをすこしも歪めることなく、易々と手なずけてしまうこの詩人の卓抜した技法が窺えるこの作品や、のちの「歌」のような詩は、決して〈男性詩〉では書かれることのない作品であるだろう。「新川和江にあって、愛とは地軸の傾きと同義であって修正の余地のないものである」とは『比喩でなく』に寄せられた石原吉郎の言葉だが、のちの『土へのオード』、『水へのオード』と拡がってゆく生命賛歌はこの「地軸の傾きと同義」であるような確信に満ちた愛の形の、地上的ヴァリエーションにちがいない。

新川和江の詩が、自己の中にある深い自然性から出発してゆくのに対して、吉原幸子の詩は関係をめぐる近代的な個の意識のドラマとして現れてくる。あまりにも純粋な〈愛〉を求めるとき人は傷つかずにはいられないが、逆に言えばその痛みがはげしければはげしいほど〈愛〉に向かう意識は純化し高められてゆく。六〇年代の『幼年連禱』や『夏の墓』でわたしたちは、愛の充足を求めてのばされた詩人のひたむきな手を見、その傷口から流れ落ちる血の色を見るだろう、そして——

わたしはひとりで燃えつきる
わたしが闇にかへるとき
闇も　闇にかへる
あなたは　わたしを通りすぎた
火と闇が　わたしを通りすぎた

燃えつきたものは　わたしではない
わたしは　わたしを燃やした火ではない

燃えたことが
燃えつきたことが　わたしだ

だから　わたしはここにゐる
流しつくした血のなかに立って
いつも　いつまでも　ここにゐる

（吉原幸子「蠟燭」部分）

七三年の『昼顔』の中のこの作品は吉原幸子の〈愛〉をめぐる心のドラマの到達点、その手に残された究極の認識のかたちではないだろうか。わたしたちはまるでひとつの劇を観るように詩人の言葉と出会い、やがてその言葉がわたしたちの内部で生きはじめるのを感じる。

このように個の内部を語りつくすことによって、吉原幸子の詩が、普遍に到達してゆくとすれば、高良留美子の詩は吉原幸子とは対称的に、全体とのかかわりの中から個のあり方を逆照射する。この詩人の言葉はどちらかというと理性的で論理的な要素が強いが、とくに一九六二年の『場所』の作品群はそれぞれが思想と時代のせめぎ合う寓意となっている。

区分され　正確に切りとられたこの土地で
おびただしい小石の一つ一つはいま
明確でするどい影をおびはじめるだろうか?
われわれそのもののようなその存在で
虚無を磨滅させるだろうか?
われわれは大挙してここにいる　かれらと共に
かれらを見とどけることが必要だから
かれらのためにに起つことが必要だから

（高良留美子「場所」部分）

「われわれ」と呼ぶとき、詩人は人間をひとつの〈類〉としてとらえる。人間として共同性の中に在ることを宿命づけられながら個としての存在を「明確でするどい」ものに築き上げるために、高良留美子の言葉は一貫して思想的純度を保ちつづけようとしている。全体と個の関係を認識することによって、もうひとつの新しい地平へ歩み出てゆこうとする高良留美子の絶えざる自己革新の基本には、しかし観念ではなく「薔薇はけっして根を下さないだろう　死をはらんだ土地の上には。それはむしろ　みずからを一つの理由とするだろう」（「蕾」

部分）とうたうように、この詩人のすこやかな生命が息づいていることを見なくてはなるまい。
そして、六〇年代に開花したこれら大型の詩人たちの中でもっとも形而上的な広い領域を持つ詩人多田智満子──

冬のきわまった日に生誕がある
すべてが凍りついた日に
春が生れる　ふたたびアドニスが還ってくる
柔らかい雨を浴びて神殿の石柱が育つ
永劫回帰をたたえよ
だが世界は羊皮紙の天宮図のように
かわいたまま　静止している
なにもきこえない
絃が永久に切れたのではないかと私は疑う

（多田智満子「エクピローシス以後」部分）

多田智満子の、古代史や古代哲学、宗教学などに触発された形而上的な観相と美の世界は、宇宙的な規模の自然を内包して華麗に回転しつづけている。その言葉はまるで巫女のように、わたしたちの意識下に睡っている偉大な古代をめざめさせようとしているかのようだ。

このように、戦後女性詩を代表する多くの詩人たちを輩出した六〇年代は、近代詩以後の百年余の詩の歴史の中で、はじめて女性の言葉による世界を築き上げたかがやかしい時代だった。

そしてこの動きは七〇年代以後にもひきつづき持続され、いっそう多彩さをもたらしている。川田絢音、支倉隆子、青木はるみ、高橋順子、次にこれらの詩人たちよりもやや詩歴のわかい詩人たちとして、吉田加南子、征矢泰子、水野るり子、岡島弘子ら多くの人々の活躍、さらに八三年に新川和江、吉原幸子によって創刊された「ラ・メール」から出発した詩人たち鈴木ユリイカ、高塚かず子らの出現は記憶に新しい。

戦後の時空をひきつづき受けつぎながら書きつづけられ、多様化していった女性たちの言葉はここに来ていっそう多極的に細分化され、個の表現をつきつめさせているようだ。かつて豊かにその存在の全体性を通して現れていた言葉は、個の関心の尖鋭化にしたがって分断されはげしく意識化されてゆく。生活派あり言語派あり、社会派あり、芸術派ありといった様々な関心と詩風のひとつひとつをここにとり上げることはできないが、多くはすでに女性的な言葉の在りようから自由に飛翔しながら、〈女〉というパラダイムの転換を迫っている。
だが、さらに重要なことは、伊藤比呂美、井坂洋子、山本陽子、松井啓子、白石公子、倉田比羽子、中本道代、平田俊子、笊丸けいこ、阿部日奈子、木坂涼、小池昌代ら戦後生まれのあい次ぐ登場である。

うぬぼれ　も
ひとめぼれもしたことはない
片目のかけはぎ屋が
傷口を保護色で閉じるが間に合わぬ
針山の針
写真機
ヤクと告解室
アレグレット、氷、泥酔
恋に似て恋ならぬものを
遠ざける

顔のなかでは　ひたい
妬心と麻縄
キリ
空、それも澄み渡り音を返す空
指でひたいに触れるときの指
恋に似て恋ならぬものを吸う

（井坂洋子「恋にならぬ」部分）

井坂洋子の言葉は、戦争もなければ飢えもない、一見平和で恵まれた世代の人々の、生きることに大義名分や幻想を必要としない醒めた心情を適確に表現している。まさに何事も「恋にならぬ」世代のそれは詩のありかたなのであり、逆に言えば幻想への不信それ自体が言葉への直接的な関心を高めてゆく原動力なのである。「うぬぼれ」と「ひとめぼれ」は同音で結ばれ、「ひとめぼれ」は「片目のかけはぎ屋」を誘発し、「かけはぎ」が「傷口」を呼ぶ。「針山の針」「写真機」「ヤクと告解室」それらどこか感覚的には近く意味としては遠いものへの連想と修辞的関心、そこには、戦後的幻想からはるかに自由な世代の知的な方法論がうかがえる。

戦後四十数年、戦後のベビーブーム時代に生まれ団塊の世代と呼ばれ、戦後経済発展の波に乗るようにして成長して来た人々、情報化時代の多角的なメディアから様々な刺戟を受け、フェミニズムによる女たちの意識革命を通って来た彼女たちの言葉は、わが国の女たちを束縛して来た様々な幻想のかたちや性的禁忌や、そこから来る〈女言葉〉や、つまり多くの性的偏見から更に自由になってゆくことにおいて、戦後第一次、第二次世代の女性たちと差異があることは当然なのである。密閉された女性の性器を白日のもとにさらした伊藤比呂美、その性的禁忌の解放は、六〇年代の白石かずこの「男根」以来二十年を経てそれがついに女性の日常にまで及んだことを示している。

〈女流〉から〈女性〉へ、そして性的な差異のより少ない時代へ、〈女〉というパラダイムは転換されてゆく。富岡多恵子の「身上話」の、意識の両性具有は書かれて三十年ののちに、より現実の問題となりつつある。

生成する空白——脱「女性詩」への九〇年代

若い詩人達を中心にして女性の詩のなかでも新しい変化が起こりつつあるように感じられるのだが、それがどんなもので、なにによって彼女たちは動かされているのか、あるいは彼女たちはどこへ向かおうとしているのかが女性の詩全体の問題として考えられているとは言えない。実際それは数人の書き手の興味や関心の行方を問う程度のことなので、大勢から見ればとくにどうと言うことではないといえるのかもしれない。

八〇年代の初め、伊藤比呂美、井坂洋子に象徴されるいわゆる新しい「女性詩」の書き手たちの一群が登場して、女たちの詩に「女性詩の時代」をもたらしたあのおおきな激しい動きを変化と呼ぶなら、たしかに今私が感じているような動きは変化といえるほどのものではないかもしれない。当時の伊藤比呂美、井坂洋子（たち）に匹敵するほどの新しいものを持った書き手がいま現れているといえるかどうかためらわれるものがあるし、近年活動し始めた彼女たちの詩が今後どうなってゆくのかも予想がつかない。

にもかかわらず、そこにはやはり「変化」と呼びたいほどのある共通項が現れているような気がする。あるいはそれは、かつては数人の突出した書き手が出現することによって動かした詩の「時代」というものがあったとすれば、その幅が少し広がったということなのか、現在、詩もまた例外ではないという意味での女性の時代と対応して、全体として静かに変わってゆくということなのか。ともあれここではその「変化」と感じられるものを具体的に追ってゆくことから始めよう。

——おそらくそれは彼女の夢だ。
あなたはもう一度考えはじめる。何を忘れてきたのだろう。あなたはしろいことばの意味を探している。うつろう言葉の群れ。しろいことばにうつろう樹木のような影。
それは、あなただ。

（金子千佳「睡徒」部分）

白い窓、白い掌、白い言葉、声が吸い取られてゆく白い部屋で記憶を失い白紙状態に戻ってゆく「あなた」。この予感のような白い夢の記述において作者が試みているものは、世界を包む「白さ」、空白の感覚の再現である。
その不在の感覚に作者は「あなた」をとおして出会い、語り合い、戯れ、そして見失う……。「あなた」とは生成しつづける白い未生の時間の媒介者であり、彼女を言葉の世界へみちびきつづける「空白」の魅惑そのものなのである。その空白にむけて届かぬ憧れをうたいつづける「遅刻者」（常に遅れてくる者である私）の、これは清冽なオマージュにほかならない。

明るい窓辺に木霊する、
世界の終り。読まれるごとに
二つ、三つ、ことばが落ちてくる。
それは人の夢となって
花咲く野づらをたずねてゆく。
恥ずかしそうにして、
（眠りにもどる道さえ忘れてしまったんだ）
春は力の限り。みずみずしいノスタルジアのはじまり。

大きな眼差しが目指すところ。
それを追って、
（どこへ行きたいの？）
（あっちの空白。）

（倉田比羽子「Daydream」部分）

作者は金子千佳よりかなり上の世代に属する詩人だが、ここではいっそう事態は明瞭になってゆく。「Daydream」という題からしてそうだが、詩の世界全体が半透明の明るい夢の膜に覆われていて、その意識の裂け目のようなところをゆく作者のさまよいの記述になっている。そこで読む（行為をつづける）作者の「窓辺」には、ひとつの時代の終焉を告げる言葉が「木霊」し、そこからあらたに花咲く夢を開く「ことばが落ちてくる」予感を、作者は感じ取っている……。しかもその春の夢が「力のかぎり」の「みずみずしいノスタルジアのはじまり」であるように感じる彼女は、おおきな母胎のような「空白」のほうへ「ゆきたい」（帰りたい）というのだから、この詩は詩人の求めるものをおのずから示していると言ってよいだろう。

そしてまた、色彩の渦巻く都市の混沌と対照的に「わたし」という存在の「白」、そのはかない無垢が繰り返しうたわれ、強調されている鷹田愛の詩。

ゆきくれない楼外の空おちてゆく一片の白それがわたくし
反芻するのはわたくしの頂点ではなく
刻々うみおとされるユスリカの翅ひろがり
うすあからむ楼外のそらそこに佇む白は
くっきりと塗り分けられた都市のはずれに住むひとのもとへと
届く

（鷹田愛「デジャ・ヴュ（Ⅰ）」部分）

都市はそこにふる一片の雪である「わたくし」の白い無垢を輝かすためにのみ、カオスの色を深めてゆく。

このように、彼女たちの現在がそれぞれ個々バラバラに関心のありようを示している「空白」の意味をあらためて考えてみると、戦後詩の流れの中で存在の自然をとおしてひたすら「おんな」であることを問いつづけ、自らの性の解放に向かって進んできた「戦後女性詩」のモダニズム（意味どおりの）がその頂点をすぎてひとつの行き止まりの時期にさしかかったと思われる現在、彼女たちの関心のありかたが「おんな」というコンテクストの外に向かい、そこにひろがる新しい「空白」、「不在の空洞」そのものに対面しつつあることは十分に想像されることだ。そこで彼女たちが見出したものは、単にイズムの交替期の空白というにはもう少し積極的な意味が含まれている、ということのように思われる。

ここでいま現代詩を覆っているパラダイム転換を女性が書く詩という小世界の中から取り出してみるために、とりあえず戦後の四十数年をひとつの流れとして考えると、石垣りん、茨木のり子らの「戦後女性詩」の出発以来一貫して「おんな」というタームの自由と発展をめざして進み、七〇年代に至ってようやくその収穫期を迎えた女性の詩の戦後が、解放への止まる所を知らぬ流れを押しすすめて、自らの性あるいは性器そのものをオブジェとして、他の物たちと同列に、詩というタブロー上に高々と並べた伊藤比呂美（あるいは伊藤比呂美たち）を世に送りだしたとき、ついに「戦後女性詩」という近代性は終焉をむかえたということになるだろう。伊藤比呂美（たち）があらわれたとき、わたしたちは「新しい女性詩」の時代のはじまりを感じ、またそのように彼女（たち）は現代詩のなかに位置づけられてもいる。だが、もし彼女（たち）の出現をほんとうの意味で女性の詩の新時代とするなら、戦後の茨木、石垣らの出発に始まり、さまざまな個性を送り出して六〇〜七〇年代に頂点をむかえた「戦後女性詩」の詩人たちと、伊藤比呂美（たち）「新しい女性詩」の詩人たちとの本質的な違いはどこにあるのだろうか。

　誤解をおそれずに言えば（勿論例外はあるとしても）「戦後女性詩」の最大の関心は常に「おんなである私の事情」にあって、その言葉ではなかった。詩人たちはそれぞれの時代の感性のありかたや喩法に敏感ではあったが、言葉への関心は主題の前にむしろ二次的なものとしてあった。もしその違いが「性」をあからさまに書くとか書かないとか、「おんな性」を示す様式の違いにあるという程度のことなら、それは風俗の差ではあっても「詩」のちがいではない。「戦後女性詩」も「新しい女性詩」も「おんな」というモダニズムを追及するという意味で、同じパラダイムの枠組みのなかにあったといえるだろう。

　そのような観点に立つなら、八〇年代の初めに起こった「新しい女性詩」の時代とはほんとうの意味で「新しい女性詩」の始まりではなく、「戦後女性詩」の終りだったと考えることもできるだろうし、そこでのポップとしての伊藤比呂美（たち）の出現の意味も見えてくるはずだ。そして「女性詩の修辞的現在」を代表する井坂洋子（たち）の位置も。（いうまでもないが私はここでそれぞれの詩人が現代詩の世界に現れたその時点を問題にしているつもりだ。彼女たちのその後の展開はべつの関心事とならねばならない。）

以上のような一つの流れを考えるとき、「戦後女性詩」的「モダン」の時代に対して、現在の関心のありかたを女性詩の脱近代「ポスト・モダン」の時代と考えることもできるかもしれない。あるいはもっと適切な命名があるのかもしれないが、とにかく、女性詩といわず戦後現代詩そのものの四十数年をこのあたりでいちど凍結し「白紙状態」においたうえで、いま最もやりたいことをやってみようという世代的欲求から現在の「変化」がおきてきたのは間違い無さそうだ。もちろんその動きは女性詩にかぎらず全体としての動きであって、最近、若い詩人たちがそれぞれ詩論を書きはじめているのも、「白紙状態《タブラ・ラサ》」のなかから新たに出発しようとするものの必要があってのことなのであろう。

「無数のファッション写真。その文体の、しかし「全体」を想うとき、私の視線は水平線の彼方から解放されようとする。それは地球を一周し、結局は出発点にもどるしかない回帰の、自らの内へと向う憑依の（感情）から、解き放たれるということだ。わたしは（装う肉体）を想う。装う姿態をもつ私、私は（小原眞紀子）だ。わたしと（装う肉体）に距離をもたらすもの、それはファッションの世界の（全体）、（終焉）をしめすところの衣装の（輪郭）にほかならぬ。「永遠に愛されるブランド」とワイシャツメーカーはうたう。そうだろうか。いや、そうかもしれぬ。しかし成立当時の資本金は、ある経済的な（出自）のものだ。永遠に生産され続けるシャツが、しかし一人のビジネスマンから生まれたにちがいないついには一個の法人であること、そのことを恐らく〈装う肉体〉は〈一時の幻想ののちに〉つねに思い知らされるのだ。幻想の〈限界〉を言葉で規定することへの、本能的な私たちの禁忌を破るべき唯一の一点に、〈装う肉体の輪郭〉はある。この一点を定点として、ファッションの〈全体〉を眺めるとき、おそらくはファッションと最も相入れぬであろう〈終焉〉とその対極にある〈出自〉をもその〈全体〉はしめす。」（小原眞紀子「寺山修司＝衣装論」より）

ここで提示されているものは白い平面だ。しかもそれは地表に沿って回転しいつか出発点に立ち戻ってくる自己言及のトートロジー、作者の寺山修司論によれば「憑依の〈因果〉を断ち切ったところから始まる「解き放たれた」平面」、まさに「白紙状態」にある平面であり、その新しい平面は言葉の前衛的ファッションを〈装う肉体〉、詩人である私のステージなのである。ここで注意したいことは、そこがあくまで平面であって決して空間ではないことだ。空間があるところ必ず「感情」が生まれ「幻想」が発生する。時間が「出自」や「歴史」や「全体」を白い紙のうえに呼びよせてくる。だからここで「空間」は用心深く潔癖に拒まれ、「私という名」のみがあらたな問題になるのだ。この詩人にとって詩への関心はいま、ただひたすら白い紙の上の清潔な修辞であり、ステージの広がりの上のまとうべき一枚の赤いドレスなのである。

一方、戦後詩の側からの反応もかならずしも好意的ではないように見える。たとえば金子千佳詩集『遅刻者』のエピローグ「不在するために／いつでも／あなたはゆらゆらしている／その揺れはばを／はかりきることができなくて／わたしは膝をかかえこむ」という短詩について、飯島耕一は「第一行からつまずいたんです。「不在するために」というのはちょっといかんなあ。「存在するために」という言い方はあるけれど。」（「現代詩手帖」一九八八年四月号　朝吹亮二との対談）といい、同じように鮎川信夫も「直接的には訴えて来るものがない。僕らにとっては作者の表現意欲とかが切実な問題じゃないから、書かれたものだけを対象としてみると、もの凄く微弱にしか伝わって来ない。」（「現代詩手帖」一九八六年九月号　鈴木志郎康との対談）とのべていたことを思い出すと、そこで両氏とも否定の理由に「表現する主体」の稀薄さをあげている。このような拒否反応の在り方そのものが、新しい主体の確立を求めて出発した戦後詩の認識のかたちと、イズムなき空白世代の詩との断絶をいかにもあらわにしていると言えそうだ。

彼女たちにとって「私」とは、主体の認識を核としてそこから言葉へ出発していった戦後詩の「私」ではない。それは新しい詩の平面に言葉という「衣装」をまとって現れ、「戦後詩」のパラドックスとしての実体験の不在……まったき「空白」を孕むものとして出現した「私」なのである。「戦後」という共同幻想への不在を宣言し、物語を垂れ流す旧い「私」の否定をたからかにうたう彼女たち。情報の洪水から得た過剰な虚の体験と、豊富な知識によってきたえられ、現実を相対化する醒めたまなざしをもっていま言葉の地平に立ったばかりの彼女たち。

だがそこで未来が無邪気に信じられているかというと、そうとばかりは言えないようだ。「詩人の身元証明というものは元来不可能であるとしても、不在証明はいくらでも出せるのだ。文法の場所外、死や性の欲望そのものからの逸脱、ｅｔｃ。道路や区画から外れ、また別の道路や区画へ入り込む。しかし道路や区画への欲望そのものへはますますそれとはしらずにのめり込んでゆくだけだ。しかしそれはもはや拘束されることによって肉体を逆認識し、区画を魅惑的な迷宮にする歩行者の姿ではなく、手足をもがれた地上動物の全体に対する夢の中での欲望である。（中略）しかしそのような欲望が余りにも大きいから死という夢の中でしかはたされないともいえる。「作品」の砦でありながら「作品」という停止が廃墟として崩れおちた、砦の起伏のない整然とした速度の交通世界を密かに夢見ることと、依然として記憶から抹消されない「作品」への欲望のもつ全体世界へのノスタルジアは余りにも共犯的であるので、死という微細さ（肉体が生きのびる限り死は微細になりつづける）の中で遅延しようとするのではないか。」（河津聖恵「地図にない道」より）

書きたいものがない、だが書きたいという世代の悩みが浮き彫りにされたような文章だ。生成する空白に、書くことへの欲望が奔流となって流れ込んでゆく。そのとき、そこに現れる「作品」とは「手足をもがれた地上動物の全体に対する夢の中での欲望」の「砦」となって、完全な世界を夢見はじめるのだが、それはまた「死」に通じる道であることを彼女たちもうすうす気付いているのだ。「死」を意識の空白状態とすると、作品という「砦」のなかに「微細な死」としての言葉の破片を敷きつめ囲い込むことで心地よい自閉を計るのか、あるいは「死」であることに美や快適さや速度や平和といった「付加価値」を認めて、そこに肯定的なニュアンスを持たせようとするのか。

作品を囲い込まれたナルシシズムの様式に終らせないことを彼女たちが望むなら、再生と破壊を自らに課しつづけなければならず、それはかつてないきびしい道であるにちがいない。白紙の上に立って「まだ書かれていない言葉」をめざす、それはたしかに「地図にない道」をゆく旅なのである。

内包された都市

九〇年代に入って刊行された新しい詩人たちの詩集には都市をうたったものが多い。

熱い喉を走らせ　地下鉄に乗ろうと降りてきた階段が
汚水あふれる踊り場の　点滅する蛍光灯に捩られ
鳥子のいる場所へつながった
〈ALCOHOL〉と書かれたドアが開くと　ひとたちの影の間から
鳥子がわたしを見る（鳥子はわたしを忘れている

（川口晴美「水族館計画」部分）

川口晴美『デルタ』には都市の情景が様々に切り取られ、具体的に描写されているのだが、にもかかわらず描写のきっ先に現れてくる都市のイメージは現実のものではない、無機的で冷ややかな官能性を突出させている。

遠くからはすべてが散らばった小文字。読めてしまう淋しさが、はっきりと決意のようにみえてくる、たとえば夢の島のようなところに立ってみたいと思います。（昨夜、相米慎二監督の「光る女」のビデオを観ました。夢の島の廃用テレビの山の頂上に立っていたヒロインの金色の服、きれいでした。）せっかくのだるい波がここではよくみえません。ほんとうは、わたしの意識も、あなたの意識も、すこしここからずれたところにあるのに。

（河津聖恵「クウカンクラーゲ」部分）

河津聖恵『クウカンクラーゲ』では都市とは情報が飛び交い放射能や毒性に汚染されたさまざまな物質の溢れるひとつのトポロジカルな観念であって、ここで彼女の言葉は都市に生きることの空虚さと終末観を観念のカオスの中で存在論的に追及する実験、とでも呼びたい破れのダイナミズムを見せている。

押しあける手の星形が　キーのようにあわさるぼくら
清潔な目張りがつけられた簞笥の奥の写真帳

「ぼく」のうすっぺらな来歴
こなごなに引裂け　星屑さばきだ
惑星の午後を　かけらで舞うんだ
ぼくたちの　その　孤高のモナド

（北爪満喜「鏡だけはしらんぷりした」部分）

北爪満喜『アメジスト紀』では感覚に内包された都市の、そこに生きる痛みを浮遊感のある喩として解放しようとする。

引用の余裕がないが、他にも時代の空虚さにみずからの空洞を重ねる浜江順子『内在するカラッポ』、イメージの記号化ともいうべき芦田みゆき『楔状の記号』、あきらかにメディアの言葉を意識した雨矢ふみえ『ポワン区にて』など、それぞれに都市という共通コードのヴァリエーションとでもいってみたいものがある。このようにそれぞれ固有のテーマにおいて彼女たちの主題は都市と深くかかわっており、これまでの女性の詩のなかに都市が、とりわけハイテク化した現代都市がうたわれることが少なかったことを考えると、未完の試みではあっても彼女たちの展開には期待したいものがある。といってもこれまで女性の詩に都市がうたわれなかったというのではない。たとえば八六年に出た『氷見敦子詩集』はひとつの都市論として読むことも可能なほど、東京という都市の新しい貌が鋭くとらえられていた。おそらくこれまでの詩で現代都市をイメージ化し得たといえる詩人は彼女ひとりだったのではなかろうか。

氷見敦子の詩を関心を持って読むようになったのは一九八二年の『水の人事』あたりからだが、八三年『パーティ』、八四年『柔らかい首の女』と詩集を出すごとに脱皮するような感じで前詩集を精力的にのり越え、新しい世界を切り開いてゆくさまがスリルにみちていた。事実その詩の力は氷見の生命が限界に近付くのとまったく逆に、その死後に遺稿詩集として出版された『氷見敦子詩集』の異空間の世界へと一気に高まっていったと思う。

この詩集を読むと、わたしは世界の裂け目のようなところから彼方へ拉致されつつある人の悲鳴が頭の内に響きわたるように感じられて耳を押さえたくなるのだが、とくに東京が背景になっている詩篇で、迫り来るものの姿を追って都市の迷路をさまよう彼女の眼にとらえられるもうひとつの「都市」の風景には、鬼気迫るものがあった。

ヒトの数が少ない、というのは、恐いことである。

プラットホームから、その日、いなくなった人たちというのは、

その日、だけ、特別に消え去ったのではなく、
あらかじめ、失われていた存在であった、
ことに気づいてしまう。地下という、
無機的な空間で、無数の不在に遭遇するのは、とても、
不気味だ。

（氷見敦子「井上さんと東京プリンスホテルに行く」部分）

あらゆる場面で「東京」の異貌を目撃してしまう彼女は、それらの風景を次々に切り取って積極的に詩の背景に嵌め込んでゆく。

『滝沢』を出て、井上さんと超高層ビル群を歩く。
網膜にひやりと張り付いてくるビルが、巨大な墓石のように、
そそり立っている。ここでは、街全体が、墓場となり、
宇宙の方へ引っぱられているのだ。きっと、
原始から、果てしなく湧き出してきた、ヒト声が、
数千億以上の、ヒト声が、ビルの中心を貫く孔を通って、空の奥へ、

舞い上がっていく。

（同「井上さんと超高層ビル群を歩く」部分）

日常的に体験する雑多なコアの寄り集まりとしての都市とはあきらかにちがう、詩人の眼の中のもうひとつの空間。そこに現れたものは「虚の東京」とでも呼びたいような現代都市のもしかしたら真実の姿なのであり、そこではわたしたちが生きているこの現実は実は架空のことで、体験のすべてがそこで行方不明になってゆくようにさえ思えてくる、そんな風景なのだ。氷見敦子がとらえたその恐ろしい空虚さこそ、メディアの中でわたしたちが冷たく仄暗い官能性とともに体験する現代都市の、あるいは現代文明そのものの本質ということができるのではなかろうか。

氷見敦子ほど明確でないとしても、彼女たちの新しい詩集は、都市のマクロをミクロな自身の問題や関心に置き換えた場所から言葉を発する、その試みの果敢さが光っている。

若い「女性詩」の現在――多様性の中の分岐点

若い詩人を中心に女性たちによって書かれつつある新しい詩を読み、それを詩の流れの中に置いて考えるという試みを続けてきた。とくに方法論というものがあったわけではなく、また詩の出来栄えやよしあしをいうのではなくて、できれば書評的な個別的な見方を離れた視点から女性の詩の動きを、とりわけその変化と現在のありようをさまざまな角度からとらえてみようということで始めたのだった。というのも、このところ詩に感じられる漠然とした分岐点のようなものが一体何を意味しどこへ向うのか、そしてとくに若い世代の詩に見られる変化がどこからもたらされたものなのか、その二つの現象に現れたものが詩の「現在」だとするなら、いまはそれをすこしつき詰めて考えるべき時であるように思われたからである。そのことは詩を書くわたし自身の内部の問題と必ずしも重なるものではなく、意図するところが読む人に正しく伝わっているかどうかもわからない。またこのような考え方そのものが詩を書く女性たちにどれほど必要とされているのかも本当のところよくわからなかった。

ただわたしの中に詩という「永遠」への憧れと同時に、詩という「現在」への関心も同じほどにあって、そのやみくもな好奇心にそそのかされて作業を続けてきたのだと思う。そしてそのように思いがけなくいったん関わった女性による詩の、女性の詩でなくては持ちえない敏感な動きと不思議な活力によって、今度はわたし自身が動かされているのも事実なのだ。

詩を書く主体にとって詩とはそこに詩として書きつつある言葉があるだけだが、それが自分と離れるところで時代の持つ形式と無縁ではいられない。ことに女性の詩にとって「女」という旧い伝統的な形式からの抑圧の力が弱まっている現在は、あたらしいモードを求めるには都合のよい時代のように思われる。女性が詩を書き始めて百年、「女」というカッコ付きの言葉の解放へ向けてそのモダニティーを競ってきた女性の詩は、戦後の女性解放から半世紀を過ぎたいま、ふたたび大きなパラダイム転換の時期を迎えているように見える。知的ポテンシャルの上昇によって関心の領域がぐんと広がり、女性たちのフレッシュなエネルギーが多方面に発揮されている。それに基づくさまざまな現象や試み、無意識や試行錯誤を読み考え、筋道をたてて見ることは一回限りのこととはいえスリリングでないはずはない。むしろ眼を逸らしたり無関心でいることこそ批評の怠慢だと思う。そんなことから新しく現れた動き、新しいテーマを中心にできるだけニュートラルなところから書くことを意図してきた。そこには単に表層を装ったものでも目新しさを狙ったものでもない女性の言葉の変化とさまざまな試みがある。その概念自体に問題のある「女性詩」という言葉をあえてタイトルに使ったのも、そのことへの抵抗感を積極的にとりこんでゆこうという気持ちがあったからだ。ここではその「まとめ」として全体の動きをトータルに見てゆきたい。

まず最近の女性の詩に見られる大きな変化は、現実体験の減少と情報による擬似的な体験の過剰、そこからもたらされた女性という「自然」の喪失と都市化された言葉の急激な増加である。

〝場所〟が青く光って飛ぶ。放射性。まだ光をはなっている。
(さわっちゃだめだよ)
(毒にさわって、生きたいんだ)
生きられた〝場所〟、飛び去った、跡、にぬかづいて
更地から
銀行の輝く触角

生えかけ
カフェの鉄骨
あえいで
(えっ、生きたって?)
疑問があたらしいいのちを育んでいる。
どこかの紙のうえで斜線をいれられた建物、と
ボディ・コンシャス、肉体のひきぎわ。
終わりなさい。
さあ魂のエントランスだ(けだ)。
現在《コト》はとつぜんわたしたちに戻って
閉じられたエントランスの濡れたコンクリートに身を擦って、痛い。

(河津聖恵「サマーミュート」部分)

河津聖恵詩集『クウカンクラーゲ』はそのような「現在」をひきうける個の、身体と意識のあいだに生じた亀裂、目的の喪失、空白への不安、痛み、孤独とよろこびを言葉にする果

敢で大胆な試みである。ここには着地する場所を見失い孤立してゆく言葉が日常に流通する意味のパラダイムを離れ、個の中の戦いの言葉となって散乱している。作者はそれに傷つきながら、しかししかなう限りの知と想念の領域を飛翔して自身の現在を問う困難によく耐えている。

ここで作者の言葉は共同性に向かってではなく、自らの内部へ閉ざすように開いているために、（共同性に向けて形式の配慮が少ないために）他者の理解と共感から拒まれていることは明らかだ。だがその自閉したこだわりが逆にマスメディアの影響下にある言葉の危機を抉りだしているとすれば、ここからわたしたちが感じる不安はすでに作者だけのものではない。メディアの空間……実態から遊離して、どこまでも広がって行くイメージと言葉の世界に意識のクラゲとなって漂い出すことに快感を感じるのもわたしたちであるなら、生きている人間としての肉体をそこで見失う不安におののくのもわたしたち自身なのである。その危機を言葉として受け止めて懸命に切り結ぶ作者の姿勢はみごとというべきだろう。

同じような意味できわめて現在的といえる詩集に川口晴美『デルタ』の詩群がある。

渦を巻いて（ネジを巻いて）

這いあがってくる黄色い花花
凍ってしまいそうな恐怖が『綺麗』だ
黄色く染まる指をつないで
回転する　　ソノシートに飛び乗った
回転する月軌道歪んで　はじまるはじまってしまう
経血の花びら　鳥子の腿をわたしの腿を　つたって
ソノシートの薄い溝を幾重にも満たして　もっともっと
「汚くて　イイ」
古い季節の血が一滴残らず流れ出るまで
高く声　吐き散らして
夏を殺そう
腐っていく夏を
残虐な花すする歯で
ひとつの口紅ふたつに裂いて
同じ色にくちびる　染めても

鳥子とわたしの声はこんなにちがっている　から
不協和音の刃かざして

（川口晴美「残虐な菊」部分）

ハイテク情報都市のイメージを舞台に、そこに生きるわたしと分身との関係を物語るこの詩人の言葉は、イメージのなかでしか生活を実感できにくくなりつつある現在の、イメージを現象させるために消費する言葉のありようをいかにもよく象徴している。ここで作者の物語る架空都市の、冷たく、無機的で、快楽とともに苦痛をともなうものであるような官能性は、その「ほの暗い闇」の冷たさにおいてコンピューターの液晶ディスプレイやテレビの間接光から感じるものと質的に近いものがある。非現実的な夢のような皮膚感覚を持つ世界……実体験の世界からの肌のぬくもりのある言葉とは異質の、強さと冷酷さを同時に感じさせる言葉の質は、テレビの画像に似たイメージの架空世界を語るに相応しく、それをわたしは「メディア体験からの言葉」と呼んでいるのだが、このような感受性の形は岩成達也氏が指摘するように（『デルタ』についての私的なメモ」）「モードによって選ばれた」感性ととらえることもできるだろうし、ファッショナブルな現在形の一つと考えることもできよう。

モードあるいはファッションという言葉をあえて使ってみたのだが、これは単にはやりの衣装を身につけ飾るということではなく、モードを創造する行為、あるいは感覚の革新というふうにとらえていただきたい。現代のトップデザイナーであり、文筆家としても知られるソニア・リキエル『祝祭』(吉田加南子訳)は、彼女のモード創造の哲学が詩的で感覚的な言葉で語られ、詩論として読むことも可能なすぐれたエッセイだが、そこでソニアが語る内容は創作することの本質にかかわってなかなか刺激的かつラジカルだ。

「現代において、創り出すという行為は、めまいという病を持っている。決められていて動かせない計画とか、ゆったりした広がり――そんなものは、もうないのだ。一度作られたらもう変化しない形とか、ゆったりと呼吸し、好きなだけたっぷりと時間をかける、といったこと――そんなことは、とうの昔に終っている。(中略)なぜ? 時間だ。時間の問題なのだ、いつだって。先に進まなければならない。倒れてはいけない。あってはいけない皺を作らないように。裏返しになっていたら、もとに戻してやらなくては。世の中でなにが起きているのか、つかまえなくては。そして頭のなかにたたみこんでおかなくては。今起きていること、それをよく考え、それに手を加え、磨きあげ、新しい姿に作り変えてやらなくては。そう、それが作品なのだ。」「度を越している! そのとおり。創造とは度を越えているのだ。スポーツ選手に興奮剤を与えて刺激するのに似ている。何かを見つけたとする。すると私は、私の服が、もっときらきら輝き、もっと美しくなり、もっと激しい力を持つように、刺激を与えてやるのだ。興奮させるのだ。（中略）彼女はただのねずみではない。芸術家なのだ。彼女を立ち上がらせなくてはならない。」

ファッションの言葉はこのように過激であるが過激さばかりが強調されているわけではない。「重要なのは、何であれまぎれもない正統であることだ」とものべているのである。詩の問題と同列に考えることはできないとしても時代の先端をゆくこのトップデザイナーの言葉には耳を傾けるべきものがあるだろう。

詩のファッショナブルな「現在」もまたさまざまなモードを生みつつある。詩の「私」性を排除し、新聞から収集した言葉によって作品の構成を試みる中村えつこのように言葉やイメージや主題において従来考えられてきた詩の形式や詩としての成熟から積極的に逸脱しながら、時代の先端で果敢に「現在」を模索している詩人たちがいる。これらの詩人たち……女性の詩の持つ豊饒な実体験の言葉の磁場から飛び出て、メディア的現在に自らの言葉の磁場を求める人々をかりに詩の「都市・現在派」と呼ぶとすると、糸井茂莉、小原眞紀子、阿部日奈子、薦田愛、小島数子など文学上の関心を詩の根拠とする「エクリチュール派」とでもいうべき詩人たちもまた、従来の女性詩の論理を越えて新しい「現在」のありようを示しているように思われる。

そう、ここではみんながみんなみんなのことをみんな知ってる（蔽われたるものに露れぬ
　はなく）
私の手紙だって一字一句知れわたっているにちがいない（隠れたるものに知られぬはなし）
川までできたら、どれほどこの身が軽いか、ご覧にいれましょう。
その昔、五月の宵、夜会の大広間で、大勢の人たちが婚約者の顔をしてやってきて
旋回舞踊の陶酔へと私をいざなったあの日から、少しも変っておりません。
いっしょに来れば、重力に抗う天使のステップを見せてあげたのに……
ほら、蹠《あなうら》が水面を打つ水しぶきの一瞬が踊子の命だもの
♬クー・ド・ピエ、クー・ド・グラース、クー・ド・ピエ、クー・ド・グラース
これから先は一本道、横たわる場所ももう決めてあります。
薙刀香霈《なぎなたこうじゅ》の咲く斜面に穴を掘って枯れ草を敷きつめておいたから、思う存分Ｗｒｉｔｈｔ
―ｉｎｇできます。

ここまで率直に書いてやったのに、どうして分らないのかしら
Writing《かくこと》はWrithting《のたうつこと》でWrithtingはWritingだからWrithtingなしにはWritingできないってこと

（阿部日奈子「メランコリック・ピクニック」部分）

リズミカルで多彩な阿部日奈子の技巧、その美は彼女自身のいうように言葉の混合からくるものだ。この詩人は「二年ほど他者の作品を下敷きにして書いている」と明言しているが、それは言葉や文体にたいする感度とテクニックへの自信の表れでもあろう。阿部日奈子の詩の実験は方法意識の鋭いこれら「言葉派」の詩人の中でもとくに方法論に於いて際立つものがあるが、彼女たちの仕事はそれぞれにたとえば入沢康夫の「詩は表現ではない」（「詩の構造についての覚え書」）「作品の作品」「詩の詩」（「空洞考」）というような言葉、あるいはモーリス・ブランショの「言葉のイマージュであるような言語」（『文学空間』）のテクスト化ともいうべく、形式への大きな関心を示している。勿論形式や言葉の問題は個々の詩人の中でそれぞれに解決すべき問題として常に存在しているが、これほど徹底した形で、しかもある自由さをもって言葉を追及する一群の詩人たちが現れたのはここ数年のことではないだろうか。

ただ引用の詩を読んで感じることは、ブランショや入沢康夫において書くことの本質を求めて倫理に届くまでにつき詰められた形式への探究が、ここでは書くことの「快楽」を求めてとめどなく傾斜してゆくように感じられることである。

ところでこのように一部の詩人たちの関心が「自然」を超えて、言葉や形式に対する意識の先鋭化、方法論の果敢さで、現在に鋭くかかわり、すでに戦後女性詩の持つ豊かな実体験の言葉の世界から離れて知的世界の果てしない広がりへと向かいつつあるいま、一方には生きることへの愛や生命を生む性という女性の原点をむしろ激しく意識化することによって時代の「空白」に抵抗する動きがあることは大変興味深い。

うごいている血液は凍らない
すこやかに
めぐる
なにもかもが
あかるく

きらきらと存在する冬には
ひとのきもちのなかの
ゆらめきが
かげろうのように
風のなかにたちあらわれ
うつくしいひずみを示しては
消える

（渡邊十絲子「真冬日」部分）

渡邊十絲子『千年の祈り』は現在という空白に立てた彼女自身のための心の杭のように思える。彼女はここで言葉中心の詩のありかたに対して、肉体を持つ人間の「肉声」のしっかりした形式を求めているようだ。

詩人たちが言葉による意思の伝達を断念したかに見える現在、言葉を信じて歌うその詩にはたっぷりした持続のエネルギーがみなぎって快い。形式はいささか古風であるとしても今を生きる言葉の命は否定できないものがある。ただ「生きる」ことを詩の根拠とするにしては生の具体性に欠けるということがあるだろう。おおくの場合モティーフになっている性愛の場面にしても、感覚にいきいきと立ち上がってくる前に観念として理念化されてしまう。この詩人の詩質はもののディテールに添うようにあるのではなく、本来メッセージの言葉に近い質のものなのかもしれない。いずれにせよ彼女の仕事がより力を持つためには、内部のたたかいの性急な解決を求めて自閉してゆくまえに、現実に対するさらに積極的なはたらきかけ、多様で魅力あふれる言葉のひろがりが必要になってくるだろう。見まわせば現実の場所にすんなりと身をおいてそこから鮮度のある詩の言葉を求めようとする若い詩人たちの数は決して少なくない。

もぎとられてきた水滴のように
なげだされて
こどもたちはねむっている
むこうがわの世界を
からだはこの岸に預けたまま
水辺にはでたらめな足跡をいっぱいのこして

一月のゆめのなかの水祭《みずまつり》
桃の実のなかで
いつか「きもち」になろうとしている
たったひとつのことばを
きょうはおまえたちに用意しよう

（小池昌代「こぼさずに」部分）

小池昌代『青果祭』は身のまわりにある日常の言葉の中から注意深く実感された言葉だけを選び育ててゆく。この詩人の持つのびやかでみずみずしい女性性と清潔な感受性からの言葉を、わたしは「女性詩の正統」というふうなニュアンスからとらえたことがあるが、少し前の世代にあたる伊藤比呂美の詩が女性の「自然」をあまりに過剰に放出しているのに対して、都市化されたセンスを持つ小池昌代の詩はいわゆる伝統的な女性詩にまつわる自然性からアプリオリに疎外されながら、しかしそこから抽象化した透明な「女性性」をひかりのように受け継いでいる。それは「女」という過剰な「自然」と制度の抑圧のなかで傷つきながら、言葉を持つことによってそれをのり越えてきた多くの「女性詩」の詩人たちが、持とうとして持てなかった傷つかぬ女性性からのよろこびの伝言のようだ。それを「正統」と呼べないはずがないのである。

女性にとって最大の神話は一貫して「生み育てる性」としての母性の神話だった。そこでは女性は永遠に「自然」であり、「村」であり、「母」でありつづけなくてはならなかった。女を永遠に「自然」の「村」であらせようとする制度の力によって女性は知から遠ざけられ、自身のよき性の在り方からすら遠ざけられていたともいえよう。不条理に思われることだが、現実の自然や村が失われ都市化しつつあるのに比例して、女性という性への抑圧は徐々に弱まりつつあるようにみえる。女性という性の都市化が、かえって女性本来のもつべき「自由な女性性」を開花するということがあるとしたら、なんとも皮肉な現象ではないだろうか。

「自然」から「都市」への移行……この一年、わたしが眼を奪われてきたのは、この二つのあい反する概念のめくるめく距離をすばやくかけぬけながら「女性」という意識のパラダイム転換をうながす若い女性詩人たちのはげしい動きだった。高度な知識、そこからもたらされた詩のレヴェルアップ、形式の多様さ、言葉の男女差の解消、そしてその結果女性の詩はいまひとつの分岐点にさしかかっているように見える。自らの生を考える上で避けて通れぬ女性性の自然を詩の言葉としてどう考えるかは、女性の詩の問題として今後も問われる必要があるだろう。
だが詩の価値は本来このような荒っぽい看取図から抜け出るところにもあるものなのだ。区分にはまりきれない多様さを豊かに抱えることによって詩は現在を生きるものであると同時に永遠に属するものであることはいうまでもない。

あれから、どれほど時計を売る店の飾り窓に春はいったか
アーク燈が照らす造花の散るものがなしい雨の日の暮れがいったか
ほんの二十年前の、そしてまた永遠の過去の、
ほんの隣町の、そしてまた地のはてよりもとおい、
どこにでもありふれた、そしてまたけっしてありはしない仮想の町の、
薬局の硝子戸の横に廻虫駆除薬の立看板などが出て
ひっそりとしていたりする
模造真珠の満月の下で、わたくしたち草のように動悸するだけ
アルミの味のするお茶をすすり、

壊れた木函に休息する老いた蟷螂の静けさがあるばかりの場所に
（淺山泰美「月と約束」部分）

わたしの好みからいえば詩とはやはり月のごとき球体であってほしいと思う。現前することの不可能性を繊細な感覚の糸で紡いでゆく淺山泰美『月と約束』、あるいは金子千佳、秋津久仁子らの詩はこれまであげたどの範疇にも属さず個の世界を守って繭のようにしずかな美の球体を作っている。

「女性詩」というどこまでも足元にまとわりつく言葉からの解放を求めて、結局は若くエネルギッシュな「現在」の中にたち止まっていた。言うまでもなく今書かれている女性の詩のこれらは一部分にすぎない。そしてすぐれた部分だけがここにあるのではない。ただ言えることは、彼女たちがこれまでの女性詩人たちとは比較にならないほど開かれた環境にあるということだ。その開かれた中で今後彼女たちの詩がどんな言葉の未来となり、どんな力となり得るかにわたしの関心がある。

ともあれ「女性詩」。このカッコの中にソニア・リキエルの次の言葉を入れておきたい。
「女は制度だ。そして制度でよいのは、そのそとへ出ることができる事だ」。

批評の文体について

女性の批評力あるいは批評の文体ということで考えるとき、一九八八年に三十六才で急逝した松下千里の存在が浮かんでくる。彼女は八四年に評論「生成する「非在」――古井由吉をめぐって」によって群像新人賞を受け、その後文芸評論に転じたが、文学への出発は詩から始まっていた。二冊の詩集『赤頭巾ちゃんへの私的ディテール』(七八年刊)、『晴れた日』(没後、八九年刊)と、一冊の評論集『生成する「非在」』(没後、八九年刊)があり、とくにその初期の七〇年代の終りから八〇年代の初めにかけては詩を対象とした評論が書かれていた。「神話エネルギーの異相――粕谷栄市論」、「楕球の中点――清水哲男論」、「言葉の卵劇――吉岡実論」などその批評は詩の中から始まり、詩の言葉によって鍛えられたといってもよいだろう。

松下千里の批評を初めて読んだとき、私はその精密な論理の構築とそれを支える硬質な文体の抽象度の高さに驚いたが、さらにその書き手が非常に繊細な若い女性である事を知ってもういちど驚かずにはいられなかった。「時代を批評するということは、時代にただ反旗をひるがえせばすむというものではない。時代を批評するためには、まず時代のプロセスが正確にたどられなければならない。そしてそこから時代のプログラムを先取りして修正することが批評なのだ。前衛とならない現代詩は無意味ではないだろうか。前衛意識のないところでは、現代詩は必ず衰弱する。」（「楕球の中点」より）。時代に対してこれほど明確に批評の意味と詩の前衛性を主張する言葉を今ではほとんど見ることができないが、そのように時代に対して敏感であることを批評行為の出発点に置いたそのテーマは、八〇年代を象徴するかのように「数量の側の持つ絶対性」とそれにからめとられてゆく「個」の問題に集約されていた。それを彼女は「液化した意識」と呼んでいるが、批評のタームは「個」が稀薄化され圧倒的な他者の中に溶け込んでゆく時代の幻想のありようを個々の作品から抉出する方向にあったと思われる。

清水哲男の詩にその断念の深さと抒情のかたちを見る「楕球の中点」、古井由吉の小説に個を超えた「人間という種の影」を見る「生成する「非在」」、そして最後の評論となった河野多恵子論「一隅の発見」もすべてこの「個」を見失わせるマスの時代、彼女の言葉でいえば、「一枚のトランプを示すのに、表の記号と数値の方ではなく、裏の一様な細密画の方をもってするような」マスメディアの時代のプログラムを先取りしたものだ。

また女性の詩の言葉にふれたものとしては八四年に宮迫千鶴『〈女性原理〉と写真』について書かれたエッセイ「《凹型原理》と「女性言語」」があるが、そこでは伊藤比呂美や白石公子の言葉を彼女たちの「言葉の蠕動の一端に触れてみるとするなら、(中略)その詩は、彼女たちの女としての肉体や性や私的生活に係るのではなく、言葉が意味作用の普遍化の果てに見失ったものを、自身という限定された場、世界の中の部分に執着することで再び奪回しようとしている。」とのべて、宮迫のいう「女性原理」、すなわち社会と自然との境界にある存在の言葉として、女言葉のその恣意的といいうしかない無方向な分節化を、言葉が普遍化の果てに見失ったものを奪回する女たちの「戦略」として評価している。このような松下千里の仕事は伝統ある男性の批評の世界で、男性的な文体によって達成された力業ということができよう。

ところでここで女性が書くエッセイの文体についてあらためて考えるとき、高橋順子『意地悪なミューズ』の文体は、それが松下千里のいう「戦略」を「戦略」と感じさせない自然さで受入れ、女性の批評の方法と可能性をその文体において実践しているように思われる。松下千里の批評を知の中で流通する男性批評の文体とするなら、高橋順子のエッセイには自然体で書かれた日常のひろがりがある。自然体というのは大雑把な言い方だが、わたしたちが普通に話す話し言葉がそうであるようにその言葉は何でも入れられる大きなふところを持っており、人が普通の呼吸でその中に入ってゆける言葉といったらよいだろうか。それは論理中心になされてきた批評の言葉が抽象化の過程でともすれば切り捨ててきた現実の様々な細部を拾いあげて批評の場に投げ返す言葉、女たちが台所に立ったり洗濯物を干したり子供を育てたりする場所にも容易に繋がってゆく言葉、人々の日常の中からゆるやかに立ち上がる批評の言葉なのである。

　女言葉の特質を「ひらがな」に見て高橋順子は次のようにいう。「ひらがなのほとんど意味をもたないという特徴を、意味から自由であり、もっぱら音と声を表わし、肉感性をもつ文字であるというふうに見方を変えることによって、ひらがなという文字に力を付与することができるのだ。そして女性詩人はこのあたりの消息にとっくに気づいている」（「ひらがなの力」より）。たしかにクリティックの場所を今すぐとりあえず多くの女性のために開くことができるのは松下千里のような男性的思考の抽象化された論理の文体ではなく、このような「ひらがな」の場所、話し言葉から始まってゆくなじみ易い文体かも知れない。「女性の多くは昔からそんなふうに詩を書いてきたような気がする。水の底に、大きな潮流がながれている」と高橋順子はいう。それは森崎和江、石牟礼道子など六〇年代の女性解放論の目指したものと逆の方角から不思議な整合性を見せている。女性の言葉が「女流」の大河に再び合流してゆこうとするこの方向は、一歩まちがえば性役割分担の世界に退行してゆく危険を含みながら、確かに入口の一つと言えよう。

こう考えてくると、結局女性の批評の文体、思考の言葉がどこにあるかは、社会の中での女性の位置の「ゆれ」の中にあるとしかいえないような気がする。「何を書くか」は、「どう書くか」でもあるのだから。

詩を躍動させる言葉

現実と詩との距離をどう取るか、さらには現実を言葉でどう超えるか、そのとらえ方が詩人それぞれに複雑に、高度になってきた。メディア世代の若い詩人の間では現実を切り捨てた一種の浮遊状態の中で、純粋な言葉のリアリティだけを支えに、言葉空間を構築するような詩も書かれるようになった。

「現代詩手帖」連載の平田俊子の「実録…（お）もろい夫婦」は、初回を遡ってみると一九九一年の五月号に発表された「夫の証言」にはじまるが、それに付記して自分の現実の別居生活について簡単にふれながら、そのうえで「この連載では、とある別居夫婦の由なし事をテーマにしたいと思っている。詩であり、詩ではなさそうなものを、実験的に書いていけたらと願っている。」と書いている。実録とあるが半ば虚構であり、これは「実験」なのだとことわってある。それから十七回、妻から夫への（夫から妻への）不満、気持ちのすれ違い、浮気（？）、やきもち、一人暮らしの中でのトラブルなど、およそ別居中の夫婦の間に予想されるさまざまな出来事が次々にオムニバス風に語られてゆくのだが、毎回ごとに話の組み立て方には工夫がこらされ、しかもその語りはお伽草子風あり漫才風あり、多様な日常の言葉が意欲的に取り入れられて、それほどドラマティックでもない個人の別居事情を他人に面白く読ませてしまう。素材を巧みに生かした言葉のその料理法は流石だと舌を巻かずにはいられない。

タコ焼きが食べたいと考えている
(他人の不幸は蜜の味
関西にいる限り　夏はワラビ餅
(そうぬかした部下をけとばしてしまった
また　季節を問わずタコ焼きを食べなければ嘘である
(自分のであれ他人のであれ、俺は不幸は全面的に嫌いだ
タコ焼きが食べたい
(俺を裏切ったやつおとしいれたやつには
食べたい　けれど買いに行くのは面倒だ

（もちろん十倍のお返しをする
この人を買いにやらせたいと
（だが普通に生きてる人の不幸を
夫の顔をじっと見る
（喜ぶことはしたくない
テレビでは犬の訓練士が
（新聞の死亡欄だってとばして読むぐらいだ
ピレネー犬やシベリアンハスキーを相手に
（他人の死も　不幸も　気の毒に思う

（平田俊子「タコ焼きブギ」部分）

久し振りに二人の時間を過ごす夫婦の頭の中のすれ違いぶりが各行ごとに書かれていて、それが一緒にテレビの犬の訓練を見ているうちにだんだんと入り交じり、終連では互いに相手を訓練し調教したいという考えに同致しているという話なのだが、いかにも非詩的な猥雑さの中から何かを掴みだそうという平田俊子の新しい試みは、日常の言葉が持つ力を総動員してなりふりかまわず「読ませる」ことに賭けている。現実の持つリアリティーにあくまで依拠しながら、表現への回路に工夫があり、詩も非詩も現実も嚙み砕いてしまう彼女の歯は貪欲で鋭く、現状に一石を投じようという意欲がひしひしと感じられる。彼女の体を張った果敢さとしたたかな技巧は女性の詩の現在に何らかの影響力をもたらすにちがいない…。

ということを考えたのは、中村えつこ『兎角』を読んでのことだった。この詩集はどこか一部分を切り取って引用したのでは伝わりにくいところもあるが「兎角」面白い。その雑食性の面白さは平田俊子に似て、もう少し小振りで造形性に富んでいる。そこには私たちが通常使っているさまざまな言葉、書き言葉、新聞記事、辞書、図譜、日記、人名、話し言葉、会話などの多種多様な言葉が猥雑に飛び交っていて、しかもそれらが独自の造型感覚で（それはじっさい不思議なひねりのある造型感覚なのだが）並べられ積み重ねられバラされ、あげくにはまとまりのないまま全部格納されてしまうおもちゃ箱のような面白さがある。ということは箱じたいにあるひねりがあって、箱のひねりに合わせて言葉まで曲げられ捩られてしまう、つまり容器こそが彼女自身であることを読んでいるうちに自然に納得させられるのだ。

〈モノ〉を入れる容器が〈はこ〉だとして

けれども〈はこ〉は空っぽで〈はこ〉である
どんなに価値ある〈モノ〉が入っているにしろ
何かを中身としていれば〈はこ〉はただの容器にすぎない

〈はこ〉の本来は空っぽ
生者のからだは〈容器〉
死体は〈はこ〉
生きているものの〈はこ〉には中身がつまっていすぎる
団地の集会所に
Mの黄色く膨らんだ死体
〈はこ〉が長いこと
横たわっていた

（中村えつこ「箱を吊るす」部分）

現実という場所から発せられる猥雑で多様な言葉が、生きている生身の女の元気さを浮かび上がらせて読者を退屈させない。

このようなねじれは平田俊子にも共通する部分で、あらゆる素材を噛み砕いて食べてしまう彼女たちの貪欲な歯にはとても太刀打ちできないなと思う。したたかな生命力とねじれ感覚、ねじれの中の批評性が現実と詩との戦いの間で彼女たちの言葉を勝利させている。中村えつこの「女先に言えるによりて」は明らかに現実に負けているが、そのことを作者は承知の上であえて巻頭に置きたかったということなのだろう。現実をたくましく生き抜いて、(じっさい何てよく生きていることだろう)言葉を鍛えてゆこうという積極性を見せつけられる。女性の詩を絶えず躍動させてゆくのは現実の後をなぞる言葉ではなく、現実と戦いそれを踏み超える言葉なのだ。

「女性詩」、この記念碑的名称へのオマージュ

バブル経済崩壊がさかんに言われた一年、詩の外側は眼に見える形で大きく動いている。それが今後どう言葉の世界に反映されてゆくのか、先が見えない時代と言われるが、むしろ見えやすくなったものもあるようだ。

そんな時期に出た『〈同時代〉としての女性短歌』（「文芸」スペシャル）は、ジャンルは異なるが詩の世界にもそのまま通じるところが多く、同時代を感じさせる興味深い一冊だった。ここにあるものは、そのまま「女性詩」の問題と言ってもいいだろう。

まずここには森岡貞香、山中智恵子ら一九一〇〜二〇年代生まれの人々から六〇年以後に生まれた俵万智、水原紫苑らまで、九十人近い現役女性歌人の新作が一人十首ずつ並べられていて壮観な風景だ。わたしのような門外者にもとりあえず現代女性短歌の世界をずらりと一目で見渡せ、それぞれの歌人が展開する言葉の世界と、見えてくる同時代の光景を一望にして楽しむことができる。それは詩の世界では望むべくもない光景であり、詩型の強みを感

じさせられる景観だった。これまであまり意識したことがなかったが、定型の有無を除けば詩と短歌は共有しているものが多いことを改めて実感したのだが、とくに作品の間に織り込まれた世代別の女性歌人たちによる二つの座談会は女性の詩と通じる話題が多くて面白かった。たとえば「〈時代〉の中の女性短歌」という討議の中で話題となった「私性」についてなどは、そのまま詩の問題と考えてよいだろう。沖ななも、河野裕子、道浦母都子、永井陽子ら戦後の早い時期に生まれたこれらの歌人は、阿木津英などを含めて一九七〇年代末から八〇年代にかけて、フェミニズム思想の洗礼を受けて出発した「ジョカ」（女歌）の世代と呼ばれているらしいが、それだけに彼女たちの発言には社会的な広がりと現状分析の鋭さがある。また彼女たちの歌の世界が読者との相互関係の中で社会に向けて直接開かれているだけあってその発言には現実的な説得力があるが、とくに「私」という書く主体の意識化の問題は、短歌にとって常に議論の中心となるテーマであるようだ。

「〝私性〟というのは時代によって変わっていくと思うんです。明治からの話がいろいろ出ているように、女性のうたも変わりました。それに付随する〝私性〟も、少しずつ、少しずつだけれど、全体の歩みの中で変わっていった」「いちおう女性がどう生きてもいい時代にはなったわけです。そして、そう言ってしまうと、とても自由に聞こえるかも知れない。でも、枠が取っ払われて何を歌ってもいいということは、裏を返せばフォルムがつくりにくい、フォルムがない時代になってしまった。〝私性〟にしがみつこうが、社会に背こうが、作歌のバネになったものがあった時代に比べたら、バネをなくした時代が広がりつつある」(永井陽子)。「〝一つの私〟がしっかりしていたわけなんですけれども、それが大変あやふやになってきたから、〝一つの私〟だけで表現していると、どうも嘘くさくてリアリティがないというところで、きっと職業のうたも少なくなってきたんでしょうね」(河野裕子)。「生まの自分を出したい。出しにくいと河野さんがおっしゃった、そこを出したい。河野さんも含めて私たちの世代は、そこをやったんじゃないかな。だから、次の世代はその反対として、水原さんとか、小島さんたちの表現が出てきた」(道浦母都子)。

たしかに収録された作品群を読みその中で「私」の位置について考えてみると、そこに見えてくる光景は「私」という中心軸を巡って大きく変化している。この特集では戦前世代を「Ⅰ」、戦後世代の中でとくに四〇年代生まれを「Ⅱ」、それ以後を「Ⅲ」と三つのグループに分けているが、「Ⅰ」のグループでは社会対「われ」という形で対立的にとらえられている二元的構図が、「Ⅱ」のグループではフェミニズムの「性」というもう一つの軸がはげしくかかわってくることによって、すでに社会対自己という二元的構図の中だけでは解決されない多元的で複雑な様相をあらわにし、さらにそれ以後の「Ⅲ」の世代になると社会と自己という構造自体が失われて、そのことへの意識化されない微かな痛みと快感が美の感覚で染められている。基礎となる自然が失われ都市化する中でマスメディアの浸透による「私」の画一化、あるいは稀薄化という感じが強い。つまりそのように明治以後わが国の近代化の過程で築かれてきた近代的自我の、女性における発展と転換、そして解体の過程を読み取ることができるのではないか……と、少し早まった感じで言い切りたいようなものがある。

と言ってもその現象自体はとくに驚くことはない。わたし自身四年程前に戦後の四〇年代後半から八〇年代にかけての主体の変化の過程を、作品にそって具体的に読んでみたことがあったので（「〈私〉の変貌、その解体をこえて」「詩学」三月号、一九八九年）予想した結果だったわけだが、短歌という一行の詩の中には、世代ごとの主体の変化は詩よりもさらに見えやすい形で示されているように思えた。これからの問題は、この「主体」の危うさという一点にかかわってくるのかも知れない。

残念ながら詩人の言葉が見当たらないので（本来なら詩人の言葉を引用すべきだが、こうして見ると「女性詩」からの発言の少なさをいやがおうにも痛感させられる）もう一度座談会出席者の一人河野裕子の言葉「歌いにくい〈われ〉」（「毎日新聞」）から引用すると、「私が歌の出発をしたのは昭和四十年代の初めだったが、他との差異において〈われ〉を際立たせる、それが私の表現の方法だと思って歌を作り続けてきた。他との差異とはすなわち、くっきりした〈われ〉を歌うことにほかならなかったのである。そういう〈われ〉を歌いにくくなった理由は、前回に書いた「びしっときまった、完結性のある格調高い歌」、つまり名歌秀歌が今作りにくいことと、どこかで繫がっているような気がする。一首の中でひとりの〈われ〉が、他との差異にかけて強い自己主張をするのが何か面映ゆく思えてしまう。それほど〈われ〉は、くっきりとしたゆるぎのないものだろうか、という声が聞こえてくる」という。河野裕子の世代の「主体」は、それ以前の世代の孤立的で強靭な〈われ〉とはちがう「小さな差異」としての自我、詩でいえば「修辞的な現在」といわれる団塊世代の自我の形であって、かつては「くっきり」とした〈われ〉の形を示すことが表現の拠り所とされたものが、今は明確な差異の形をあらわすこと自体、何か面映ゆく感じられるようになったということのようだ。ではこのような自我の縮小と社会の均質化の中で、「私」の風景はどう変わってゆくのだろうか。

もう一つの座談会「女性歌人の〈現在〉」は九〇年代を代表して俵万智、林あまり、米川千嘉子、大田美和、水原紫苑、松平盟子（司会）らで進められているが、前世代と比較して社会に対する関心は稀薄になり、関心の中心は言葉に向かっている。フェミニズムは受け継ぐものではあってもみずからの手で戦い取るものではなく、フェミニズムの言葉がえぐり出して見せた新しい「女性性」への新鮮な驚きやよろこびが薄れ、それにかわって性に対するニュートラルな意識が表現の場にある種の安定感をもたらしているようだ。林あまりの「定型と、自分の感性ということでもいいですが、とにかく何か二つのコアが対立して、それがぶつかって緊張感を生み出して、生き生きとするというのは、もしかしたら八十年代だったかなという気もする。いまの時代は、短歌に限らず、二つのものがぶつかって生き生きとするという、そういう対立項というのができにくくなってきているんじゃないかと思うんです」という発言は河野の言葉とともに現在の自我の形をよく示した言葉と言えよう。

このように平準化した、静かで均質的な風景に囲まれた中で、女性歌人たちの言葉は何を求めどの方角へ向かおうとしているのだろうか。「女性像というよりも、言葉とか歌人の態度とか体臭とか、個人に帰着していくところが強くあるのかなという感じがある。（中略）自分自身にジクジクとして、主義主張といった場合に洩れてくる部分を打ち出しているのだと思います」という米川千嘉子の言葉や、「私は女だということがいつも原点にあるんですね。だから、それを殺したうえで、一回ニュートラルにしてつくりたいと思うんですが、そこでいつも引っかかってくるのは、ニュートラルな言葉というのは男の言葉なんですね。だから私の作品は男の構造でできている。それは自分でわかっているんですね。そこを一つ踏み越えて、自分なりの女の言葉というもの、女の文法というものをつくるところに、まだ至っていないと思います」という水原紫苑の発言はさしあたってこれから先の世代の関心を示していると思われる。米川の言葉はよくいえば自立した「個人」の発生を指しているのかもしれないが、逆に対立のない均質化した社会の中でわずかな「こだわり」に「私」のありかを見出す衰弱の風景とも見える。また水原の言葉は、女の伝統的な美の形式をかなぐり捨て、ひたすら自由を求めて前進し続けてきた女性の詩に、新しく形式への意識を呼び覚ます呼びかけであるようにも聞こえてくる。だがそれが女性の言葉の自由とどうかかわり、どう保証するのだろうか。

また「いまの文学の世界を見ていると、この前「現代詩手帖」の〈短詩型特集〉でついでに現代詩のほうも見た時の感想ですが、どうも現代詩のほうも沈滞しているという感じがある」という大田美和の「爆弾発言」は、現代詩の形式に対する意識の弱さを歌人の眼がとらえたものとして耳が痛い。彼女が何を指して「沈滞」といったのかははっきりしないが、形式（定型ではない）への意識を覚醒される言葉だ。女性短歌に深入りしてしまったが、この特集は詩と短歌との垣根を取り払い、女性の詩歌の言葉として共通するところから考えるためのきっかけとなる一冊だった。

女性の詩全体の動きからいえば、去年（一九九一年）は若い女性詩人中心に新しい詩集が多く出て賑やかな活気があったが、この一年は一転してこれという目立った動きの少ない静かな一年だった。しかし動きが少ないという事は沈滞を意味することではかならずしもない。むしろそれは詩集をゆっくりと読むにふさわしい静かさでもあって、個性的なすぐれた詩集に出会う喜びがあった。白石かずこ『ひらひら、運ばれてゆくもの』、財部鳥子『中庭幻灯片』はそれぞれに詩人が長い歳月の中で発見し練り上げた方法と、鍛えられた美の形式によってよりおおきな風格を鮮明にしている。

おお　ホーディヤ　ホーディヤ
名称のあるもの　ないもの　それらが
時代の　大いなる樹木の果実にぶらさがり
今日を　こまかく　くだいて飲むが

（スーダンが　ナイルが　みえるか？）
わたしは　きみを横目にみて　飛ぶ
あらぬ方へ　空をひっかいて飛ぶ
ジェットの鈍い呼吸音に　わたしの
いらだつ　黄色い砂のまざる喘音だぶらせ
音楽である
なにが波うつか
この数世紀　波うってきたものが　ひと息に
未来という終末の渚にむかうショーを
わたしは　みるのか　きくのか
ドン・キホーテになり　ペンの上に逆立ちする惑星の小人類　たとえばわたしを
つまようじにしてくわえ
ツノの生えるものについて思う　前時代の
一億年前の小恐竜　ツバサ生え
20センチ足らずの　おまえの頭部に

今朝2ミリの（前時代の）ツノの徴候をみる
過去に　逆流するか　そのすべもなく
ためらいのツノに小休止する　その脳髄の
フィロソフィー　虚　キョ　キョッと啼く（白石かずこ「尻の穴は　さみしい猿である」部分）

白石かずこ『ひらひら、運ばれてゆくもの』のひろびろと跳躍するイメージ。空を翔び水に潜り地を這う自由な想像力の中で、詩人はその多彩な語彙の力を駆使して日本の女性の言葉を世界に直接結び付ける。インド、ジャワ、キューバ、イングランド、アフリカ、そして日本のさまざまな地方へ、それら外なる世界から内部世界の闇をくぐり、通過し、そこからさらに宇宙へと、激しく上昇と下降を繰り返す想像力の激しい運動の中から言葉は時空を超えて集められ、詩という場に集合されてゆくのだ。それは白石かずこの言葉を借りればまさに「名称のあるもの　ないもの　それらが／時代の　大いなる樹木の果実にぶらさがり／今日を　こまかく　くだいて飲む」今という時代における同時性と共時性を、一つの詩の中に実現しようとする試みと言えるだろう。ここでは詩人によって体験された世界中の様々な矛盾や抗争、愛や悲しみの風景の細部が詩の中に取り入れられているが、それが少しも不自然でないのはこの詩人の現実に対する生き生きした関心の持続と、矛盾や抗争を含めた人間のすべてを一つの世界観の内に絡めとる哲学的な視野によるものだ。さらに特徴的なことはその詩がエクリチュールの詩として黙読されるためのものだけでなく、肉声に出して語り聴かせるための緩やかなこころよいリズムを持っていることだが、詩を朗読することの少ないわが国ではそれへの評価はほとんどないのが実情であろう。そのように、一貫して詩の自由を求める白石かずこの言葉の、豊かで多様な広がりがわが国の女性の詩に与えた賜物の大きさははかり知れないが、その恩恵が十分に認識されているかといえばかならずしもそう言えないような気がする。この傑出した詩人の言葉が若い世代に受け継がれてゆくためにも、詩人の世界にもっと近付き、さらに読み込む必要があるだろう。

財部鳥子『中庭幻灯片』は彼女の前半生の詩的営為が集約され、完結したと言いたいような落ち着きと形式を持つ充実した詩集だ。

うつしみは苦を忘るべし
ここはもう人が水に還るところ
それなら地獄だろうか　いいえ　いいえ

ここの人の心は水と区切りがなく
あまく霧たち
やわらかに日に幾度もながれだす
だからあなたは飽きもせず
わたしたちの恋の話をしているのだろうか
山水の絵を模した景色は夏の霧のあいだから
人魚のようにかがやき
湖は龍船を浮かべて
人を苦しい記憶から連れ去ろうとするけれど
さらに声になる
うつしみは苦を忘るべし

（財部鳥子「西湖風景」部分）

もっとも切実な体験から出発してそれを認識化し、さらに言葉の美にまでゆっくりと成熟させていった財部鳥子の詩作の過程は、わたしたちに詩を書くことの意味を示してくれる。

ここで詩とは経験だと語ったリルケの言葉をわたしが想うのは、体験がより深い意味での経験の言葉と化して詩の中に実現されているからだろう。おそらくその行為は詩人にとって荒れ地を耕して一本の苗木を植え、その木が成長して花をつけ実を結ぶほどの長い時を必要としたであろうが、その果てに「うつしみ」の苦は忘れられ、詩人の心は苦しみから解き放たれて駘蕩と流れだしてゆく。そんな穏やかな官能性がここに溢れている。

「もっとも切実な体験」とわたしは書いたが、この「切実な体験」から出発し、現実を言葉によってのり超えてゆく、詩歴の長い詩人たちの詩集にすぐれたものが多い。会田千衣子『銀の食器』、森原智子『十一断片』、山口眞理子『そして、川』、古谷鏡子『眠らない鳥』などがことに印象深かった。会田千衣子『銀の食器』は八〇ページほどのちいさな詩集だが、前詩集から後、沈黙の十年が詩人にもたらしたものが、一見とりとめのないメモのような日常断片の記述と行間の空白から痛みのように立ち上がってくる時、わたしたちはまぎれもない一人の詩人の存在を感じとる。純粋に言葉のリアリティーということにおいては森原智子『十一断片』の肉感性が際立っている。これも五〇ページあまりの薄い詩集だが、内容はずっしりと重い。

一本の太い釘が　わたしのマンションの大壁の隅に、何故か　どこからか、力いっぱいに打ちこまれていた。住みはじめて三年目の冬にそれを見つけたとき、かつては艶を帯びた自由な意志のごとく中空に存在していただろう釘を、ふとなつかしんだが、朝ごとに目覚めれば、飛びこむ位置に　釘は円い頭部だけ表層の空気にのぞかせ、微かな赤味を抱いて、じつに静かに存在し続けているので、なるべく当り障りのない喩をもって、死に絶えた星、と呼んだが　どうしたことか　この頃から　釘はしっかりとわたしの頭脳の一部を占め　わたしの行為に透明な網をかぶせきびしく見張りするモノに変化した。

（森原智子「咲く・裂きめ」部分）

「釘」とは彼女にとって生の最も根源的な比喩としてのモノであろう。実体感を尊ぶこの詩人にとって「生きる」ということは打ちこまれた「釘」のような現実的な手触りと痛みをもつものであり、決してそれは観念のものであってはならない。その意味で「釘」によって支配される自分が語られているこの作品は、森原智子の詩に対する態度とその詩法を明確にする作品としてまことに印象的な一篇だ。言うまでもなく現実をそのままに書いたとしても現実の持つリアリティーが表現できるわけではない。詩のリアリティーは言葉の有機的な動きの中にある。この詩人の言葉の実体感、生々しい手応えは、生きている身体というマトリックスの中から摑みとられた重さをわたしたちに感じさせてくれる。

生のリアリティーを求める言葉ということでは岩崎迪子『臨月と帽子』は夢と記憶に攪乱される内部のイメージを記述することにおいて、くぼたのぞみ『愛のスクラップブック』は女として母としての今をより解放する言葉として、そして中村えつこ『兎角』は多様な言葉のなかに生きる現在のかたちを造型的に捕らえることでそれぞれに成果をあげている。

同じ世代では山本かずこ『愛の行為』は愛の行為としての男女のセックスをやわらかい言葉で語った興味深い詩集だ。ここではセックスを「愛の行為」として認知させるための「愛しあう二人」の構図が巧みに構成されている。

伊藤比呂美・上野千鶴子『のろとさにわ』はフェミニズムからの異色の収穫だ。

老いる

わたしたちは老いる

きたるべき閉経
わたしが産んだおおぜいの姉たちは
こうして最後の子のたれながす鼻汁を吸い取り
最後の子のほとばしらせる下痢便をぬぐい取り
まるでそこに
何百何千という母たちがいるかのよう
姉たちの累積した欲望がそこに
最後の子はされるままに
姉たちの愛撫を受けいれていく
歌が身体にからみついてくる
意味が断片的に聞こえてくる
こんなに長い間、さとうきび、あまいあまいあまいあまい
意味は断片的で意味を持たない
あまいまいまいまいこえんどろ
まんねんろう

（伊藤比呂美「まよらな、いのんど、まんねんろう」部分）

上野千鶴子との掛け合いでは見えにくかったが、こうして書き写してみると伊藤比呂美はここでもよく戦っている。それにつけても彼女の新しい詩集をまとまった一冊として読んでみたい。わたしが「詩作品」にこだわるのは言葉の形式にこだわる気持ちからなのだ。

「女性詩」それは女性の詩百年の歴史のなかで最も激しいパラダイム転換の時代を表す記念碑的な名称だったのではないだろうか。思えば「女性詩」の道は、新しい女性性を求めてみずからの旧い女性性をふり捨ててゆく過程だった。七、八〇年代の台頭するフェミニズムの潮流の中で「女流」という言葉が否定されて詩の世界から消え、それとともに伝統的で被抑圧的な女の美の形式も失われていった。疎外された性としての女の文化は否定され、性は自然にまで解体された。女たちは何ものにも縛られない自由を求めたが、同時に方向のない不安、逸脱しつづけることへのアンビバレンスを引き受けねばならなかった。「女性詩」というこの不思議な言葉には、そのようなここ十年余りの女性の詩の激しい動きが象徴されている。そのなかで旧い女言葉は捨てられ、いまわたしたちの言葉はモノセックスな言葉の時代に突入している。

先に紹介した「女性歌人の〈現在〉」という座談会で松平盟子は言う。

「「ジョカ」という響きには、ここ十年ほどの二十代から三十代にかけての女性歌人を中心とする、一つの女性短歌ルネッサンスに近いような盛り上がりと、軌を一にしていた部分があったと思うんです。折りしも八〇年代のフェミニズムとも密接していたわけで、女性観が大きく変わる頃に重なってはいたんですが、（中略）その「女歌《じょか》」が使命を終えたか終えないかは別として、私は、いまはこの言葉ももはや古いような気がしてきたんです。肩に力を入れる「女歌」という言い方を超えた、もっとニュートラルな、もっと自然なところで女の人がうたを詠む時代。」……ここで「ジョカ」という言葉を「女性詩」と読み替えて見れば状況はそのまま重ねられるだろう。

さてこのような状況の中で若い世代の関心が言葉とその形式に向かうことは十分に考えられることだ。たしかにここにきて若い女性詩人の関心は言葉に向かい、言葉の美に敏感に反応しているがそのあたりが若い歌人と共通する現象のように思われる。先に引用した水原紫苑の「女の文法」という言葉や、米川千嘉子の「古典から近代も、いろいろな女の人の水脈みたいなものを、ずっとひと続きのものとして読みたいなという気がしています」という発言には、若い世代による新たな女性性へのアプローチが見えてくる。

展望——一九八〇年代までのまとめとして

明治新体詩のはじまりからこのかた、女性が詩を書き始めてからも百年近くなりますが、これまで「女性の詩の系譜」というものの全体が系統だてて考えられたことは多分なかったのではないかと思います。

女性には少なくとも終戦まではさまざまな社会的、制度的な抑圧がきびしくありましたから、その中で表現すること、とくに伝統詩以外の自由な手法で詩を書いてゆくことのできた女性はごく少数で、したがって圧倒的に男性中心の日本の詩の流れの中で女性の詩は数の上でもずっと傍流としての位置にあったわけですし、もちろんそれだけの理由ではありませんが「女性詩」(女性によって書かれた詩という意味で。以下同じ)だけを取りあげて考えることが必要とされてこなかったというその理由は、まず底辺が少ないその少数性にあったのだろうとおもいます。ですから、こんなふうに「現代詩手帖」で「女性詩」が特集されるということなども、女性の詩がようやく少数派的な辺境性を脱却したということの結果なのかな、とちょっと感慨を覚える感じがあるのですけれども。これも時代の機運というものだとすればこの言葉の差別的ニュアンスを逆手に取って「女性性の詩」とは何かを、今は考えるよい時期なのかもしれないとおもいます。

一九九一年に女性による詩誌「ラ・メール」（新川和江・吉原幸子編集）で「女性詩集年表」が作られました。ここには明治十五年から昭和六十三年までに出版された女性による主要な詩集が網羅されていまして、非常に画期的な作業だったのです。その明治の最初の詩人として与謝野晶子の名がありますが、詩の草創期の女性詩人の中でおおきな存在はやはり与謝野晶子をおいてはないとおもいます。

晶子は歌人としてあまりにも有名な半面、詩は「君死にたまふことなかれ」くらいしか一般には知られていませんが、初期のころからずっと生涯詩を書きつづけていて、短いものもいれると六百篇余りもあるのです。晶子は明治の歌壇に革命をもたらしたと言われる『みだれ髪』など、とくに初期の歌で島崎藤村や薄田泣菫らの新体詩や明治象徴詩におおきな影響を受け、その言葉を大胆に歌の中に取り入れて短歌の世界に革命をもたらしたことは良く知られていますけれども、詩の言葉の方はむしろ生身の実感をもとにした自然体の言葉で書かれているものがおおく、そのことがかえって女性性の詩とはどういう事かということを今後考え続けてゆくためのすぐれた材料を与えてくれている、と言えるのではないでしょうか。

大正に入ると高群逸枝、深尾須磨子が出てきます。とくに高群逸枝は『母系制の研究』や『招婿婚の研究』などの大著を完成させるなど、独自の方法で女性の解放のために積極的に活動した人なのですが、詩人としての影響力からすると、与謝野晶子を超えるものは無いと思われます。やはり明治、大正の女性詩は質量ともに与謝野晶子の独壇場だったと言えるでしょう。

昭和になって、林芙美子、森三千代、永瀬清子、左川ちか、江間章子などが出てきます。左川ちかは、「椎の木」「詩と詩論」「マダム・ブランシュ」などに参加してその清新な才能を注目されていた詩人です。若くして亡くなって死後に詩集一冊が出たのみですが、「詩と詩論」のモダニズムはこの左川ちかあたりに静かに充実した形で開花しているのではないかといわれ、高度な詩意識を持つ点でむしろ時代を感じさせない、現在にも通じる言葉を持つ詩人です。実感重視の与謝野晶子と言葉重視の左川ちか、「女性詩」初期を代表するこの二人の詩には、その後の流れを象徴させて考えることができるものがあります。また永瀬清子の一貫した、ゆるぎのない詩作の中にも学ぶものがおおいとおもいます。

一応このように明治三〇年代、つまり一九〇〇年頃から終戦の一九四五年までの、女性が詩を書くことが非常に特殊な少数のものであった時代を「女性詩の辺境の時代」としますと、次の終戦直後の四〇年代後半から五〇年代を経て、六〇年代の終り辺りまでを「女性詩の開花の時代」というふうに考えられると思います。戦争直後の四〇年代後半は毎年のように詩集をだす永瀬清子の精力的な活躍が目立つ程度でそれほど動きはありませんが、五〇年代に入ると急に変化が現れてきて新しい戦後を担う詩人たちが登場してきます。この時期の代表的な詩人として、石垣りん、茨木のり子、新川和江などがあげられますが、これらの詩人たちの言葉は戦前、戦中の時代をうけつぎながら、それぞれに戦後の女性解放によってもたらされた意識解放の成果ともいうべきひたむきさと自由さがあり、女性のもつ豊かな詩のエネルギーがさらなる解放を求めて動いてゆく未来への予感を体現している感じを受けます。これらの人々を戦後第一期の詩人とすると、続いて六〇年代には多田智満子、富岡多恵子、高良留美子、白石かずこ、吉原幸子ら第二期の詩人たちが登場し、この頃から現在も活躍している詩人たちの多くが出揃ってくるのですが、とくに第一期の「女性詩」の書き手として茨木のり子、石垣りんの詩は、それぞれ実体験から出発しながら、個の問題にとどめないで戦後の時代の矛盾にまでそれを引き伸ばして考える、その果敢な批評精神において、戦後の女性の社会進出の夢と意識の高まりを反映させ、またそれを社会の側が要求していた時代でもありました。

このように五、六〇年代はさきに名前をあげたように戦後詩のなかで活躍し、今も活動しつづけている詩人たちの多様な世界がそれぞれに花咲き実を結んでいった時代です。女性であることの自由を歌い上げて新川和江が「わたしを束ねないで」とうたっているように、「束ねられない」それぞれの感性の力が女性の詩に多様性と高い水準をもたらした最初の「収穫の時代」だったと言えるのではないかと思います。「愛」を巡る感情の世界をドラマティックに歌い上げた吉原幸子の詩、白石かずこは、女性にとってのさまざまな抑圧を言葉において率先して解体させてゆく時代を超えた言葉のダイナミズムにおいて、高良留美子や多田智満子は「思想すること」や「美」を追及する形而上的な思考の言葉としての詩に、新しい領域をひらいていったといえるでしょう。例えば白石かずこの「男根」のような時代の禁忌を破る詩も書かれていますし、富岡多恵子の『返禮』『カリスマのカシの木』などは、この詩人の中にあるラジカルなフェミニズムの意識が鋭く現れています。女性解放の波が言葉においてさらに尖鋭化されてゆく予感がすでに現れてきていると言えるかも知れません。

そしてその動きをみていきますと、「女性詩」には戦後詩全体の流れに沿った動きと別に、女性の詩固有の自立した動きがあって、「戦後詩」全体の方向性が見失われた後も、その独自の動きの方は止まらず、動いてきているのではないか。「戦後男性詩」の主題が、失われた全体性の回復や主体の再構築にあったとすれば、「戦後女性詩」はその言葉や感性のモダニティーを競う中で「女性」という抑圧された性の全体性回復を目指す方向で動いてきて、いまも動きつつあるのではないか、そこに現在の女性の詩の活力の「もと」があるのではないかというふうに考えてみたい気がします。

ところで六〇年代になると徐々に詩集の出版が多くなっていきます。それは丁度戦後経済が復興して高度成長期に入った頃なので、時代の動きに符合しているのがおもしろく思われるのですが、とくに七〇〜八〇年代にはその数がいっそう加速される感じで増えてきていきます。量の時代、消費の時代にはいっている徴候がはっきりと詩にもあらわれているようです。その増えかたをみているだけでも、いかにも「詩の大衆化」の時代が到来したんだなあという感慨があるのですが、同時に女性の詩におおきな「質的変化」が訪れてきます。これをもたらしたのが伊藤比呂美、井坂洋子、白石公子らいわゆる「女性詩の現在」の詩人たちで、ジャーナリズムにそれまでの「女流の詩」という言葉を捨てさせ「女性詩」とよばせたのは、この新人たちの出現がもたらした命名でした。

七〇年代の終りから後を、「女性詩の質的変革と大衆化の時代」というふうにとらえて見たいと思うのです。とくに一九八三年には「ラ・メール」が創刊され、女性のためのあたらしい表現の場がつくられたことはさまざまなかたちで女性の詩のパワーアップにつながっていったと思います。読者を開拓してゆく努力のなかで、これまで詩を書かなかった女性たちにも詩に参加してゆく機会が与えられるようになり、詩の大衆化の時代に弾みをつけたと言えるでしょう。

八〇年代の新しい方向性から考えると、とくに伊藤比呂美の出現は革命的な意味を持っていたように思います。一言で言うとそれは女性の中にある「女性というジェンダーの形式」、それ自身の変革を迫ったということのようです。それは戦後女性詩の中で、例えば富岡多恵子や白石かずこがやりかけたことでもあるのですが、とにかく伊藤比呂美の出現がそれを押し進めたかたちで、女性の詩に「変化」ではなく「変革」と言えるものをもたらしたのだと思うのです。つまりそこで彼女は何かを滅ぼしたのだと。そして現在のあたらしい女性たちの詩は、意識的であるか否かはともかく、その「伊藤比呂美」後を生きているということではないでしょうか。今、詩を書いている若い世代は、自分たちの置かれた位置を知るためにも、その辺りのことを一度徹底して考える必要があるのではないかと思います。

また「大衆化」という面では詩の言葉の日常語化がいっそう進んできています。いわゆる詩語が失われ、言葉の男女差が無くなる。一方その反動で詩の言葉意識が逆に高まりどんどん高度化されてゆく。また、一種の先祖がえりというのでしょうか、従来の「女性詩」の持つ豊かさとか安らぎとかいう美しい女性性をむしろ大事に守って行こうとする動きが当然出て来ているように思われます。

女性にとって最大の神話は一貫して「生み育てる性」としての「母性神話」でありました。女性は「自然」であり、永遠の「村」であるという「神話」です。与謝野晶子の詩などはその代表のような詩ですが、女性の詩の歴史の中でこの神話が疑われたことはかつてなかったのではないでしょうか、個人としてはあったかもしれないけれど、一つの時代性というか、なにかおおきなものの意思としてそういうふうに動いて行くということは、まず考えられていなかったのではないかと思います。八〇年代、伊藤比呂美は「カノコ殺し」を書いてこの神話と格闘していたのですが、現在この場面では現実の方が「子供を生まない」現象として一足早くやってきているような気がしているところです。

Ⅲ

不透明さの中の多様性――一九九〇年代以後の詩人たち

先にわたしは八〇年代から九〇年代初期に登場した女性詩人たちの感受性が掬いとった現在を、その詩に多出する「白」という語彙に象徴される「白紙状態」、そこにあらわれたあたらしい空白感としてとらえた。「白」という語彙に象徴されたその空白感は、八〇年代初めの、いわゆる「女性詩」が沸騰点にあった時代が過ぎ去った後の空虚そのものであり、さらに言えば「白」とは八〇年代的な女性詩の時代の幕引を敏感に感じとった彼女たちの開放感と、前途に対するある種のオプティミスティックな期待を示していたように思われる。

ところでここしばらく、二十歳前後の、詩を書き始めたばかりの人たちの習作を読んで気づくことがある。

海は心地よい温度で体を濡らし／私の皮膚からはこまかい泡が立つ／前に進むことはできない／歩くことも　泳ぐことも　浮かぶことさえも／／口を開いても生暖かい灰に塞がれ

／言葉は静かに溺れてゆく／そしてほんのわずかずつ／体が沈み　呑み込まれてゆくことにきづくが／もう後戻りできない

（堤陽子「灰の海」部分）

彼女を浸している「灰の海」は冷たくも厳しくもない。それはなま暖かく心地よく羊水のようにやわらかくその全体を包みこみ、彼女はその心地よさゆえに抵抗することもできず、いつのまにか言葉さえ奪われて海中に呑み込まれてゆく。この若い女性の詩を例とするように、閉ざされた世界の心地よい不透明感と実体の見えないことへのかすかな不安が、彼女たちの中に広がっているように思われる。このような視界を奪われた場所に若い人々が置かれているとすれば、その関心はひたすら「私」という孤立した自己へ向かうしかないだろう。九〇年代の初めに楽観的な期待をこめてうたわれた「白」は失われ、その後を「灰色」が覆うというのは悪い冗談めくが、最近の新人がそれぞれに高い技術的水準を安定して保ちながらどこか既視感が拭えないのは、灰色に包まれた不透明な安定感の中で、規範化しつつある現代詩の要請に答えようとする気持の現れかもしれない。

そのなかで加藤律子『子羊の肉』の暴力的な突出は、むしろ八〇年代的な熱気を持続していた。

耳。口。肛門。おへそ。わたしはどのばしょにはいっても、表面につつまれた。差し込んだどこででも、むきだされていたのは、彼、という袋の表面だ。ときどき湿っている。くぼんでいるところも、突き出しているところも、黄色い皮も、あかぐろい膜も、わたしのあらゆる表面に、はりつけてほしい縫い合わせて、歯並びも、ふたりのをかみあわせて、そしたらあなたの前歯がすこし、曲がったうえに出ているから、それだけがわたしの皮膚を食い入るわね。

（「全部の赤」部分）

加藤は少女期を東西分断時の西ドイツでおくった人らしい。かつて八〇年代の初めに伊藤比呂美の即物的な表現が読者を驚かせたが、加藤の詩と比較したとき、わたしたちは伊藤が十分に抒情的であったことに思い至るだろう。このドライな即物性は、わたしたち日本人の感性にとってある遠さとも言うべき肉食性のなにかを感じさせるものがある。加藤の「現代詩手帖」投稿時代に選者としてその詩を発掘した平田俊子が、『子羊の肉』の出版に言葉を寄せて「全世界を呪っているような気配」と書いたように、その詩は異国に暮す少女の無国籍的な孤独の深さを想像させずにはいない。

九〇年代以後、詩の世界でも国境を越え言葉の壁を超えて活動する女性たちがすこしずつ増えてきた。作家であり詩人である多和田葉子をはじめとして、山崎佳代子、関口涼子のように母国語を離れて、それぞれの国の言葉で詩人として活動する人が現れている。彼女たちのような存在は今後確実に増えてゆくだろう。

二つの街にある、それぞれの市場。この土地に住むようになってから、もう一つの市場のことが頭から離れなかった。そのことを考えている限りこの市場の住民ではなく、住民ではないとすれば即、決定的にマージナルな存在となった。

（「二つの市場、ふたたび」部分）

関口涼子『二つの市場、ふたたび』を読んで、フランスで詩を書き活動する人の言葉としてその「マージナルな」位置の意味を考えさせられた。この境界性が今後どこへ向かってゆくのか、どこに落ち着いてゆくのかに注目したい。関口涼子には書かれた詩を視覚的なスタイルに造形した作品が多数あり、現在では写真や他の造形ジャンルとのコラボレーションを積極的に試みることによって創作領域を広げている。

全体を見失った詩が灰色の海の中で個として孤立し、モナド化してゆくとき、長谷部奈美江『七面鳥もしくは、リンドバーグの畑』は、意味を無化する逆転的な身振りによって現在をナンセンス化する。

長いトンネルの途中がドラマで
バックスクリーンには松田優作のなんじゃこりゃ
シーンがうつっていた
だけどリンドバーグが横たわっていて
畑のどまん中で
七面鳥がしきりに手を振っていたのだ

（「七面鳥もしくは、リンドバーグの畑」部分）

十分に引用のスペースが取れないため分りにくいかもしれないが、長谷部にとっての「ドラマ」が「長いトンネルの途中」で起きたものであるとして、それらのバックスクリーンには「松田優作のなんじゃこりゃシーン」が映り、「リンドバーグが横たわ」り、「七面鳥」が手を振っていたと言うのだ。そして彼女の中でドラマが消えた後にはそれらのシーンだけが印象として残ったという。おそらくこのあたりにすべてをナンセンス化する長谷部独自の視座が置かれているだろう。大衆化した時代の感性のありかたを場面としてことさらポップに語りだす彼女の方法は極めて意識的であり、そこには現在を徹底して戯画化しようとする詩人の意思を読みとることができる。

松尾真由美の関心は一篇の詩を一つの観念の言語構築物とすることに向けられている。

あなたの形の密度の彼方にひそやかな目覚めをささげる　避けられぬ難破のような葬列の
強度をまねき　うつくしい水死の幻影を追いながら　抱かれた背の記憶につつまれて　見
渡すほどわたしはとおい俯瞰図に溺れる

（「水の囁きは果てない物語の始まりにきらめく」部分）

松尾は現代詩の技法とそのスタイルを十分に意識している。その上で彼女が詩を書くとき、そのスタイルの部分がことさら強調されることになるのだが、それにしても硬質かつ無機的な観念の語彙を使いつつ、愛やエロスという心身のもっとも柔らかい繊細な深部に迫ろうとするこころみは珍しく、モナド化した現代詩のひとつのタイプを示していると言えるだろう。

同じように愛の世界をうたいながら、「粥のようなめまいがあり、空白を奏でるはがいじめがあった」(『隣睦』部分)と、人と人との関係を身体の感覚をよりどころに、より精妙に言語化する海埜今日子の女性性を意識した言葉との対比は興味深いところだ。
杉本真維子の『点火期』はこの詩人の最初の詩集だが、現代を生きる若者の不安を的確な言葉で切り取る鋭い感性が光る。

わたしの
一本のしらがは
とおい物語を聴くように
うっすらと黒みを帯びて
ひだりまわりに避けてゆく胸の
ちゅうしんに赤い
鳥の足がとまる
ねんどを切るように歯茎がぬれる
ひと殺し

とは誰のことをいうのか
言葉で
なぐりつける瞬間は
ひとが割れる
飛沫すら見えている

（「発色」部分）

したたかに生きるかに見えながら、人間関係の中で他者の言葉に傷つき血を流す彼女たちの心の中を覗かせられる。

引用のスペースがないのが残念だが、ほかにも齋藤恵美子、ほしお（大下）さなえ、柴田千晶、かわじまさよ、白井知子、佐川亜紀など、方法も方向性も異なるがそれぞれに現在という灰の海を意識しつつ、個としての表現を追及した言葉に出会うことができる。

個々に分断された彼女たちの場所には、かってない多様な世界があたかも無秩序な草原のようにあらわれてくる。それはいつの時代も女性たちの言葉には時代を超えた生命力が持続され、彼女たちの不思議な底力において時代も言葉も甦りつづけてきたことを証明するかのようだ。あらためてそう思わされたのは蜂飼耳『いまにもうるおっていく陣地』に出会ったときである。

Xであり Yである　わたしたちの
その先に何が　あるのか　あるべき　なのか
闘いの果てのハンモック
おとこが寝静まると　おんなたちは
秘密の唄を皮膚の下から無事飛び立たせる
　　交わらない線を拒んで
　わたしたちのための数式をひらいていく
そこにいつも

草木密生
五穀成熟
（「染色体」部分）

はるか昔から女たちは「草木密生／五穀成熟」を身をもって実践してきた。だが今は産まない、産めない女の時代。「交わらない線を拒んで／わたしたちのための数式をひらいていく」という彼女たちのおおらかな復元力が有効であることを祈りたい。蜂飼の詩を読むと与謝野晶子いらい営々と書き続けられてきた女性たちの言葉が、時代とともにスタイルを変え、言葉や語り口を工夫して常に新しく生まれ変わるそのたくましく強靭な日本語の再生力をあらためて感じさせられる。

おばあさんが歩いて行く
歩道のまん中を
曲がったひざを外側に向けて
こわいものなど何もない
どけどけそこどけ　みんなどけ
というふうに　歩いて行く

あんなふうに歩いてもいいのだ
小さな子供と　おばあさんは

子供は　母親がすくいあげる
おばあさんは　いつか神様が
すくいあげてくれる

（「おばあさんが行く」部分）

山崎るり子『おばあさん』の緩やかさは老いた人を語るにふさわしい民話や歌謡ののどかなリズムをおのずから帯びており、この詩集によせる井坂洋子の「現代詩が芸の域まで達している」という言葉は、そのことをさしているだろう。知識偏重の時代の詩の空白が、こうして民俗や伝統につながるところで埋められ回復されてゆくとすれば、詩の未来はそれほど不安なものではないかもしれない。

民話と言えば、日和聡子『びるま』には不思議な言語感覚がある。その不思議さはだが意外に身近な場所と通じているらしい。

はえぬきの新人が
残さず　余さず
ふなばたさんのきすを受けるのだよ。

新人であつたころの
むくろさんも
受けたのであろうか

かんじんかなめの
行方不明になつたよそゆきのドレスが
クリーニング屋さんの二階に吊されておるのを
知るはそのドレスのみで
わたしは
二度目のきすを受けることなく
風呂場のすみで
しやがんでいる

（「何曜」部分）

職場のセクハラがうたわれているが、カイシャという日本的な風景を語るのにはこの土俗的な話体が思いがけない効果をあげている。近代の詩は民俗や土俗の前近代的領域を未開のものとして否定し、ひたすら高度化を推し進めてきた。日和聡子の言葉はその土俗とか未開などと呼ばれるわたしたちの前近代に通じる話法を取り入れることで、現在を民話化することに成功している。したたかに現代の主婦像をえがく片岡直子、OLとしての本音を語る荒川純子らの活動も印象深い。ほかにも、独自の世界を持つ中村恵美、藤原安紀子、野木京子、三角みづ紀、渡辺めぐみ、水無田気流など、その活動の今後に注目したいと思う。

この章は、一九九九年の「現代詩手帖」十二月号に書いた「空虚から不透明の感覚へ」を中心に、二〇〇〇年以後の状況を書き加えていった。ここで見えてくるものは、「女性詩の時代」と呼ばれた八〇年代初頭から二十年余を経て、「女性詩」という言葉そのものの枠組みが解体され、質的変化を遂げつつあることだ。その内容をひとことで言い表すのは難しいが、フェミニンな感性のありかたをキータームとして、そこにあらたに開かれてゆく性差を超えた世界のひろがりを予感させるものであることは言うまでもない。「女性詩」から「女性性への詩」へ。機会があればふたたび稿をおこして考えてみたい。

詩の森文庫

E11

女性詩史再考
「女性詩」から「女性性の詩」へ

著者
新井豊美

発行者
小田久郎

発行所
株式会社 思潮社
162-0842 東京都新宿区市谷砂土原町3-15
電話 03-3267-8153(営業)・8141(編集)
ファクス 03-3267-8142 振替 00180-4-8121

印刷所
オリジン印刷

製本所
川島製本

発行日
2007年2月28日

詩の森文庫

E06
吉岡実散文抄
詩神が住まう場所
吉岡 実
散文を書くのを好まなかったが、詩人の文章は名品と評されている。出来事が現実を超え、超自然的な相貌を帯びてくる。自伝から西脇らの人物論までを収録。解説＝城戸朱理

E07
対談 現代詩入門
ことば・日本語・詩
大岡 信
谷川俊太郎
現代詩を代表する詩人二人の作品の鑑賞と詩の日本語の美しさをテーマに交された、対談による歴史的な現代詩入門。詩を取り巻く状況、読むべき詩に言及。解説＝渡辺武信

E08
詩の履歴書
「いのち」の詩学
新川和江
西條八十との出あい。うた、愛という水源。本書は戦中から戦後の詩の歴史と、詩人自身の歩みを回想する歌物語であり、いのちへの深い問いかけの書でもある。解説＝新井豊美

E09
現代詩との出合い
わが名詩選
鮎川信夫 他
戦後の代表詩人たちの青春を動かした詩との出会い、核心に迫る詩の精髄。鮎川信夫、田村隆一、黒田三郎、中桐雅夫、菅原克己、吉野弘、山本太郎によるアンソロジー。

E10
忘れえぬ詩
わが名詩選
大岡 信 他
詩人の魂から魂へと受け継がれていく詩のエッセンス。大岡信、那珂太郎、飯島耕一、岩田宏、堀川正美、三木卓が、古典から現代までの詩との出会いを語る。